続・三春タイムズ

長谷川ちえ・shunshun

信陽堂

はじめに

前作『三春タイムズ』が発売されてから、地元の方や三春町(みはるまち)にご縁がある方、福島県内の方をはじめ、まだ三春には訪れたことがないという方まで、想像以上にたくさんの方々が本を手にして下さったことに感激しました。中にはお手紙などで本の感想とともに、ご自分が暮らす町の風景や、子どもの頃のお話を綴って下さる方もいらして。それらのやり取りは、「本」というモノを通して知らない土地や人へと思いを巡らし、まるで旅にでも出たように清々しい、軽やかな気持ちを私に届けてくれました。

二十四節気の流れの中でたんたんと繰り返される私の暮らしは、特別なトピックや大きなニュースなどはありません。地味といえば地味でしょう。でもだからといって私自身は飽きるということもなく、むしろ繰り返すことで本当の意味でのおもしろみや豊かさのようなものが見えてくるのではないかと思っています。それは土に水がじわじわと染み渡り、次第に乾いた大地が潤っていくことにもどこか似ているような気もしていて。そこに蒔かれた種からは芽が出てやがて根を張り、花が咲いたり実をつけたり、大きく育った木には鳥や虫たちが集まってくるかもしれません。

そんなふうにのびやかな想像をしながら積み重ねる、三春でのこの小さな暮らし。ゆったりとお茶でも飲みながら、どうぞおつきあい下さい。

目次

二十四節気の日付は年々で変化します。
本書掲載の日付はこの原稿が書かれた
二〇二一〜二〇二二年のものです。

続・三春タイムズ

立春　二月三日——二月十七日

手前味噌

今年（二〇二一年）もそろそろお味噌を仕込む時期がやってきた。お味噌は一年中どの季節に仕込んでも作ることはできるけれど、一月から二月頃の、寒さが一番厳しい時期に仕込むいわゆる「寒仕込み」が良いと一般的にいわれている。寒仕込みだとカビが生えにくく、低温でゆっくりと発酵が進み、旨味が十分に引き出されるということが理由らしい。しかも材料となる大豆や麴に使うお米も収穫後の新鮮なうちに使うことができるのだから納得。頭でわかっていながら忙しさにかまけて三月末頃に仕込んだ年もあるが、三春町の寒さのお陰か、全く問題なく出来上がった。そんな経験もあるのでどこかゆるく構えて油断もしているけれど、やはり昔の人の知恵に従っておいた方が、こうした季節しごとは大抵間違いがないことは十分わかっているつもりだ。

年が明けた頃から「お味噌」の文字が頭の片隅にちらつき始める。忘れないうちにまずは材料。大豆と米麹は、美味しさはもちろん、応援の気持ちも込めて、数年前にご縁あって知り合った滋賀県の若き女性農家さんに注文をしている。塩は色々と試しながら気になるものをお取り寄せ。材料が揃えばひとまず安心。あとはいつ作業ができるのか、スケジュールとのせめぎ合いとなる。毎年のことなのだからあらかじめ味噌予定を立ててしまえば良いものを、ギリギリまであたふたとして学習ができていないことを思い知るのだ。

仕込む容器は杉の味噌桶で、約八キロほどのお味噌を仕込むことができる大きさだ。これは私が前から欲しいと思っていたもので、東京から三春へ移住をする際に友人が結婚と引越しのお祝いを兼ねて贈ってくれたもの。母か

手前味噌

ら娘へ糠床を嫁入り道具のひとつとしてもたせたという話も昔はあったようだけれど、私の場合は友人から味噌桶。この木桶で仕込むお味噌は三春へ移住した年月を共に歩んでいることになる。

お味噌を仕込むようになったのは東京に住んでいた頃からなので、気づけば十年くらいが経っている。初めてのお味噌作りは出版社アノニマ・スタジオのスタッフの皆さんとだった。そもそもin-kyoは、二〇〇七年にアノニマ・スタジオの一角を間借りしてスタートした。たべることとくらすことをテーマに本づくりをしているアノニマ・スタジオでは、当時はスタッフの皆さんがキッチンスタジオのスペースに集合して毎年お味噌作りをしていて、そこに私も混ぜて頂いていたのだ。前日から寸胴鍋に大豆を入れて浸水させる。その鍋が朝から火にかけられ、甘くふくよかな香りでキッチンが満たされる。香りに包まれながらの作業は、テーブルの上などではなく、床に大きな麻のゴザを敷き、みんなで車座になりいざスタート。各自自宅から持参したすり鉢を抱えて、やわらかく茹で上がった大豆にすりこぎを当て、滑らかになるまでゴリゴリ摺るのだ。

ゴリ、ゴリ、ゴリ、ゴリ。

おしゃべりをしたり、笑ったり、集中したり。日常業務をこなしながらの作業となるので、途中で誰かが出たり入ったり。ゴリゴリが終わると、

ペターン、バチ、ペターン、バチ、ペターン。

という音に変わる。これは味噌玉を容器に詰めるときの音。ハンバーグを作るときの要領で、中の空気を抜くための作業だ。ぴっちりと隙間なく容器に詰め終わり、重石をのせれば出来上がり。あとはただただ発酵の力と時間に委ねて、美味しく仕上がるのを待つだけだ。面白いことに、同じ材料と同じ場で作ったお味噌でも、それぞれが持ち帰った家の環境で味や様子に違いが出ることがある。何グラム、何分、何度などといった、数字では測りきれないそんな余白があってもいいよね、と教えてもらっているような気にもなる。嫁入り道具の木桶にしてみても、使い始めて三年目あたりから、理由は

013.

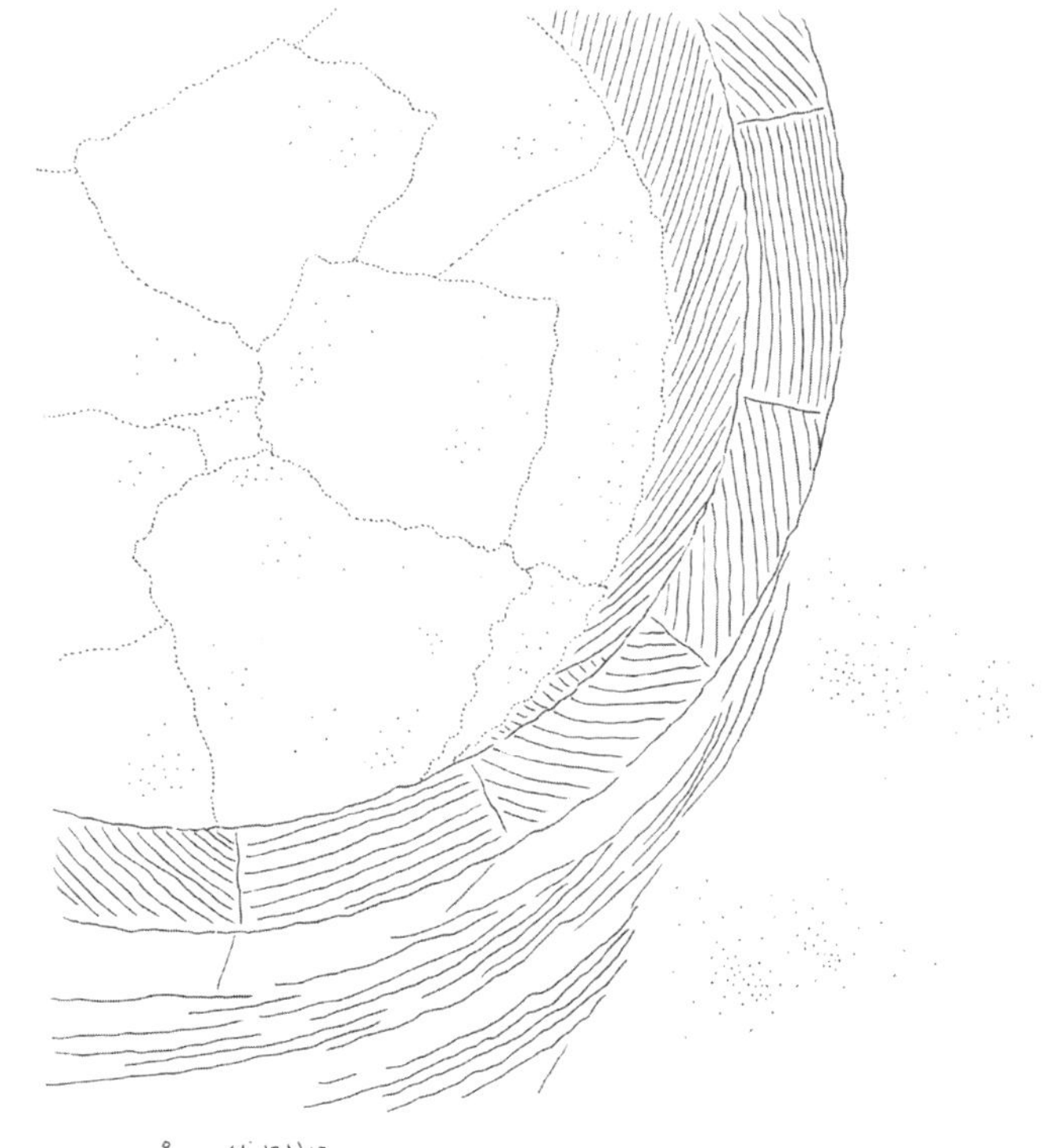

ラップの代わりに
酒粕を敷き詰める

わからないけれど、出来上がりの味と香りが格段に良くなってきたような気がしている。いろんな場所と人を経てきた木桶と材料が醸し出す何かが共存し、今のこの場所にようやく馴染んできたということか。それに加えて出来上がったお味噌を使って料理をし、体に取り入れて循環していくサイクル。その調和が取れてきたのだろうか。たかがお味噌、されどお味噌。目には見えない力がはたらいて、いつの間にか暮らし自体も熟成しているようだ。

木桶で仕込むようになってからは、贈り主の友人に教えてもらったやり方で、味噌玉を詰め終わった後、ラップの代わりに酒粕を敷き詰めている。この方法だとカビも生えず、何よりお味噌が出来上がる頃に上がってくる「たまり」を酒粕が含んで、これがまた料理に使うと独特の旨味を添えてくれるのだ。この美味しさは味噌作りをした人だけの特権。この酒粕に肉や魚を漬け込んだり、お酒のアテにもなるし、鍋やお味噌汁に溶けばポカポカと体もお腹も温まる冬のお楽しみとなっている。

材料も作業も実にシンプルだけど手間と時間は確かにかかる。が、我が家には欠かせない生活の一部になっている。一人で黙々と作業をしていてもあの車座の風景を毎年のように思い出す。ゴリゴリと一斉に響く音も遠くから聞こえてくるようだ。そんな記憶のひとつひとつも何かを醸し出すエッセンスや、私の原動力になっているのかもしれない。

雨水　二月十八日――三月四日

美容室

自分がお店を実際に営むことになるなど思いもしていなかった頃、「もし自分がお店をやるなら」と頭の中で空想していたのは「床屋さんのような雰囲気のお店」だった。ガラスが入った入口の重い扉、そして白いタイルが貼られた壁。窓からは明るい光が射し込み、店内は古いながらもさっぱりとした清潔感があって。丁寧につくられたものとともに、一角にはおいしいコーヒーと紅茶でひと息つける喫茶スペースがある小さなお店。今、こうして文字にしてみるとどこぞの少女の夢みたいで恥ずかしくもあるが、そんな想像を膨らませてはひとりで楽しんでいた。

なぜ床屋なんだろう？　と自分でも不思議なのだが、おそらくそれは幼い頃に兄と一緒に髪を切りに行っていた床屋の記憶へと繋がっている。そのお店は橋のたもとにあり、子どもの足でも自宅から歩いて行くことのできる距離にあった。のどかな川沿いの道を兄とてくてくと歩きながらお店に着いて扉を開けると、いつも清潔ないい匂いがした。店主のおばさんが真っ白な布をバサッと広げて首に巻くと、二人ともてるてる坊主のようだと鏡越しにお互いを見ながらケタケタと笑い転げていたっけ。襟足や顔を剃ってくれていたのか、それともおまけでおばさんがやってくれただけだったのかは忘れてしまったけれど、たまにシェービングクリームを柔らかなブラシで塗ってくれた。ゾクゾクとするようなくすぐったさと気持ち良さ、クリームの良い香りの記憶だけは残っている。好きという理由をいちいち考えるにはまだ幼すぎたけれど、今思うとサバサバとして明るく楽しいおばさんの人柄、そして新しいお店ではなくてもいつもきれいで落ち着く空間や、窓から見える川の景色、光などが丸ごと好きだったのだろう。

そんな記憶を辿る空想店舗のイメージが、まさか本当に役立つことになるとは思いもよらなかった。お店を始める時には内装を作り込むような予算も条件も整ってはいなかったけれど、出版社の一角で間借りをしてスタートしたお店のすぐ近くには隅田川が流れていた。

三春の現在の店舗物件を見つけてくれたのは夫だ。貸店舗ともなんとも看板は出ていなかったが、でも明らかに空いていたその物件は美容室で、東京のお店にもどこか似たところがあった。そこは大家さんのお母様が一人で切り盛りをし、美容室として長く続けていたお店。レンガタイルの外観に、はめごろしの大きな窓のコーナーはラウンドしていて、当時はかなりモダンな造りだったことだろう。その窓の下には小さいながらも花壇まである。お母様が亡くなられたのは急なことだったようで、その後使い手を失った道具や什器たちは行き場がないまま数十年が過ぎていた。壁沿いにはいくつか鏡が

019.

「雨水」

掛かっていて、懐かしいパーマ椅子も並んでいた。奥にはシャンプー台の場所もあり、壁にはタイルが貼られて。店舗内を見せて頂いた時は「あ！　ここだな」というひらめきのようなものは感じたけれど、果たしてどこまでどのように改装をすれば良いのか、正直見当がつかなかった。「床屋さんのような」というイメージはあっても、それはあくまでもイメージで、実際には私は、お店はシンプルな箱のようであればそれで十分だと思っていた。あとはそこに並ぶモノの魅力を最大限に引き出せるように、どう整えていけば良いのかを考えるだけ。それも大層なことではなく、掃除をして居心地をよくしてひとつひとつのものたちに光を当てていくという、ただただシンプルで当たり前のこと。大事にしたいのはイメージの中のあの床屋さんの清々しい空気。直感と何の根拠もない「大丈夫」という自信を頼りに三春でのお店づくりは始まった。

三春での改装工事が進むその一方で、私は東京で二〇一六年の二月二十日までin-kyoを営業していた。その後も月末の引き渡しまで友人に手伝っても

021.

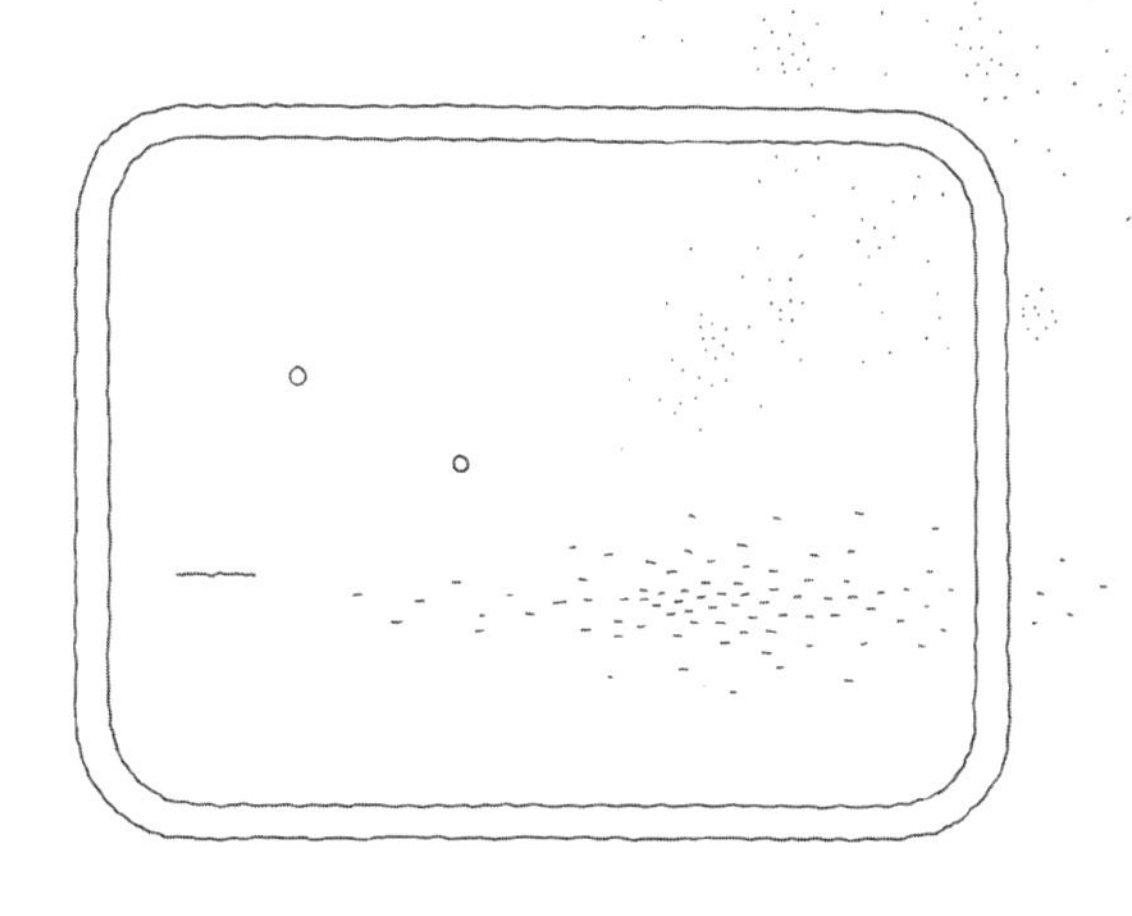

巡り巡る偶然

らいながら撤収作業。いろんなことが同時進行で、余裕が一切なく記憶もおぼろげだが、モノが運び出されてガランとした店内に、大きなガラス窓から柔らかな光が入ってきていたことはよく覚えている。冬の終わりと春の始まりのような光。

私が三月に三春へ引越しをしてからも改装工事はまだ行われていた。工事を始める前に、美容室に残されたものの中からひとつ、譲って頂いた什器の棚がある。その棚のガラスはどこも割れている箇所がなく、磨き上げてみるとピカピカ。初めからそこにあったかのように、他の什器ともしっくりと馴染んで、美容室の店主に見守られているような心強さも生まれた。

工事が終わってから約一ヶ月かけての開店準備。ご近所の方が何が始まるのかと窓越しに様子を窺っていらしたり、声をかけられたり、

「雑貨屋って聞いたけど、100円ショップじゃないの？」

なんてことも言われたなぁ。町の人たちの好奇心と期待。私はそれを、緊張とワクワクする思いで受け止めながら、空間を少しずつ整えていった。

美容室だった場所で三春のin-kyoは始まり、東京のin-kyoだった空き店舗には美容室が入った。そしてどちらにも近くには川が流れている。巡り巡る偶然。季節もまた巡る。

啓蟄　三月五日——三月十九日

ことば

三春へ移住をしてこの春で丸五年が経つ。

「三春での生活はもう慣れましたか？」

この五年の間にお客様との会話の中で、よく聞かれた質問だ。冬の寒さや、都心から地方への環境の変化を気遣って下さるみなさんの気持ちがやさしい。だがそのやさしさに相応しい答えが咄嗟に出てこない。慣れたといえばそんな気もするし、まだ知らないことも多くて不慣れといえばその通りだし、どうなんだろう。そしていつも「ええ。まぁ」などと曖昧な返事で濁しているが、実のところ自分でもよくわからない。

そういえば三春に移住をしてまだ間もない頃、郡山市立美術館で開催されていた「ルーシー・リー展」へ行こうとしたときのこと。ヒョイッと車で向かえば二十分ほどのことなのに、まさに不慣れで右往左往したことがあった。その展示は関東で開催されていた際に見逃していたもので、これは何がなんでも行かねばと、実は引越し前からチェックをしていたのだ。会期は引越したての数日後まで。行ける日は限られている。美術館へは夫をあてにしていたが仕事で都合がつかず、仕方なく一人で観に行くことにした。私は車の運転ができないので美術館までのアクセスを調べてみると、郡山駅からは循環バスが運行されている。後は三春駅から郡山駅までの電車を調べればいいだけだ。「なぁんだ、良かった」と、ここまでは何の問題もなかった。当時住んでいた集合住宅から三春駅までの道のりは徒歩だと約四十分強。歩けない距離ではないが、心配性な上に越したばかりで土地に不案内だし、結局タクシーをお願いすることにした。

「三春の駅までタクシーを一台お願いしたいんですけれど」

「はい。◯△□※※※？　今から向かいます～。住所をお願いします。◯分後には行きま～す」

電話の向こうの声は低く早口だった。途中、聞き取れないことばがあったけれど、住所も伝えたし、まぁ大丈夫だろうと三階にあった部屋の窓から駐車場を見下ろしていると、間もなくタクシーが一台到着。「良かった、良かった」タクシーに乗り込み、「駅までお願いします」と伝えると、「はい～」の声とともにタクシーが走り出す。「あれ？　駅までの道を調べた時は左に出るようだったけれど、歩きと車では違う行き方をするのか」そんな疑問が頭に一瞬浮かんだが、にこやかに話しかけて下さるドライバーさんとの会話によって、車窓からの景色とともに頭の中からスルスルと流されていった。

数日前に三春へ引越して来たばかりだと伝えると、ゆるやかなリズムで歌を唄うような、のんびりした土地のことばで、三春町の桜の素晴らしさや見どころ、お寺や温泉のことなどたくさん教えて下さった。まるで貸切の観光案内のように。ドライバーさんと、予約の電話を受けた人は違うようだが、声の主は早口だったのではなく、私が土地のことばをうまく聞き取れていなかっただけということが、話を聞きながら判明した。途中途中、わからないことばがいくつか出てきても、それも何だかあったかくて耳に心地いい。観光などではなく、これから自分はここで暮らしていく。このことばのリズムに馴染んでいくという、覚悟とまでは言わないけれど、それに似た小さな重石のようなものがおへそのあたりにゆっくりと静かにのせられるようだった。そうなると、ドライバーさんの話（ことば）を聞き逃さないようにと一生懸命になっていく。が、ところで駅まではこんなに時間がかかるんだろうか？

タクシーが走り出してから数十分経ったところでようやく気づく始末。

「あのぅ。三春駅までってこんなにかかるんですか？」

「なんだべ！　郡山駅までかと思ったけんじょも三春駅かぃ」

正しくはないかもしれないが、おそらくドライバーさんの返答はこんな感

029.

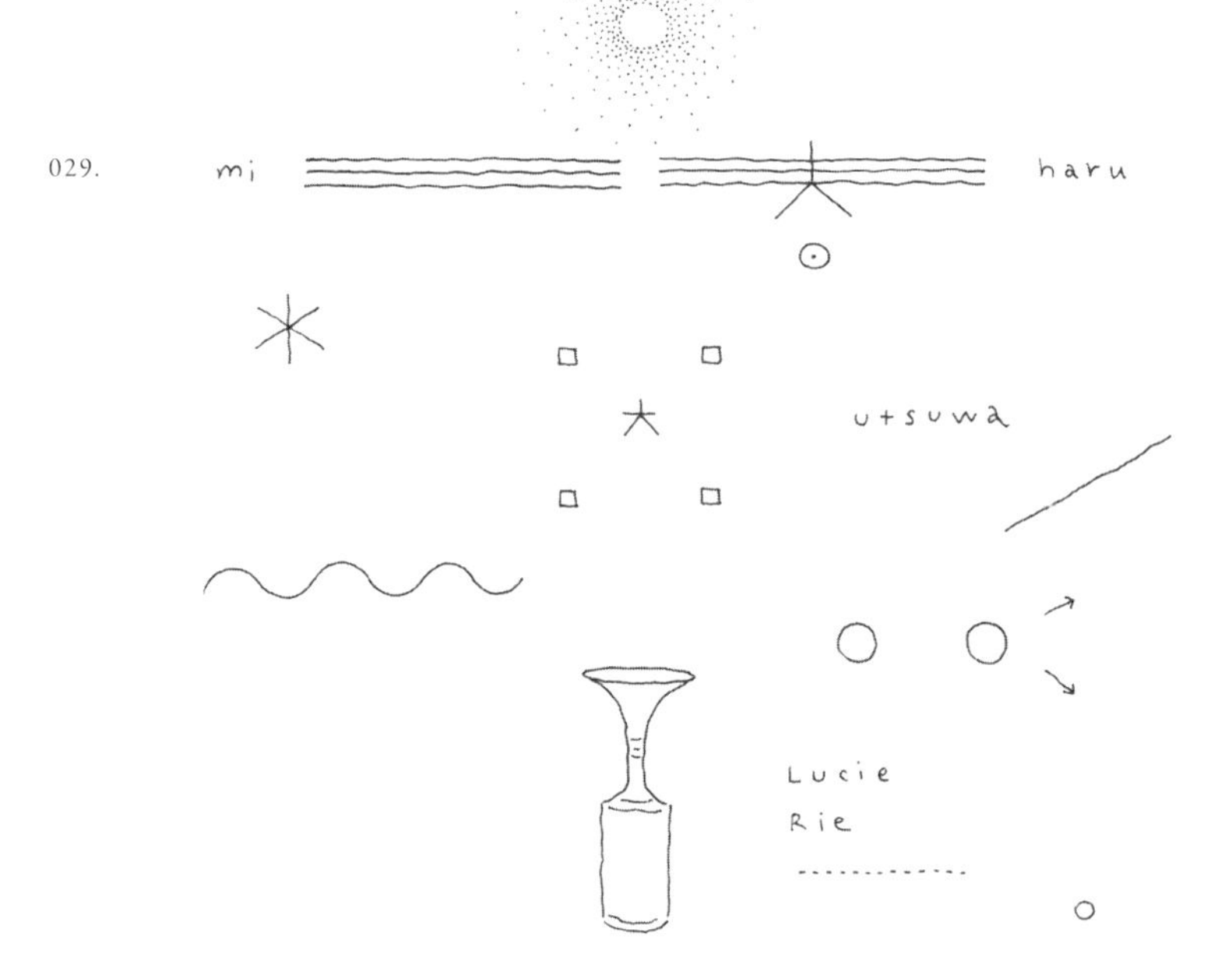

じだったろうと思われる。当時の私はあたふたするばかり。じゃ、ここで降りますなどと言ったとしても距離感もわからないし、方向オンチでとてもとても美術館に行ける自信がない。あぁ。ルーシー・リーが遠ざかる。観に行けるんだろうか？？？

「実は郡山市立美術館に行きたいんです」

「したっけ、もうすぐ前を通っから乗ってて。わりぃことしたない〜」

たぶんこんな感じのやりとりだった。

ドライバーさんは何も悪くない。最初の電話から始まっていたことだ。「三春駅から◯時の電車に乗って郡山駅に行きたいので」と、私が伝えていれば良かったのだ。私が聞き取れていなかったことばで何かを聞かれていたのかもしれないけれど、今となってはそれももうわからないし、どうでもよくなっている笑い話。少しタクシー代はかかったけれど、無事にルーシー・リー展を満喫することもできた。三春にやってきて初めての洗礼。その後も知らないことばを次々と耳にするが、今ではずいぶんと慣れてきた。土地のことばを耳にすると、強ばった心をほぐされるようななんとも言えない安堵感がある。

「ありがとない〜（ありがとう）」

「ない」は「無い」ではなく、ことばの中にニコリと微笑むあたたかさが感じられるのだ。

春分　三月二十日──四月三日

ひと坪農民

いつの間にかずいぶんと日が延びた。時計の針が閉店時間の十七時をまわり、さて看板をしまおうかと表へ出ると、夕暮れ時とはいえ空がまだ明るい。吹く風はまだ冷たくても、季節は一歩一歩春へと歩みを進めていることに気づかされる。

自宅の庭先にも春の気配がそこかしこに。福寿草の群生や、柔らかなヨモギの新芽。ツクシがニョキニョキと顔を出し、大好きなオオイヌノフグリが目を覚ましたように爽やかな青い小さな花をたくさん咲かせている。しゃがみこんで辺りをよく見渡せば、淡い黄緑色のふきのとうの姿も見つけることができる。もう少し経てば筍や野生の三つ葉も顔を出す。草花たちが冬の寒さから目を覚まし、ワイワイガヤガヤと声まで聞こえてくるようだ。

食いしん坊は、早くもどう食べようかなんてことまで考えている。ヨモギやふきのとうはまず天ぷらにして、他にもヨモギは新芽のうちに混ぜご飯やお餅、乾燥させたものをお茶にして、ふきのとうはふき味噌にもしたい。ツクシは佃煮にしてみようかなどといったお品書きが頭に浮かぶ。何も手をかけていないというのに、小さな庭から自然の恵み。今の家に住み始めたことで、素朴ながらも季節のご馳走を楽しませてもらっている。

庭の隅っこにはほんの少しのスペースがあって、そこで小さな家庭菜園を始めて、自分でも野菜を育てることができたらなどと、引越しをした時から考えていた。けれどもしばらくは家の中のことで手一杯で、庭の作業に取り掛かれないまま季節は冬へ。その間に鍬などの道具を揃え、本を買い込み知識と心の準備は万端にしたものの、いざ実践作業となると果たしてこれでいいのだろうか？　とわからないことばかりが出てきて足踏み状態となった。ジャガイモの種芋は一体どこで買ったらいいのだろう？　それすら知らない。そんな素人農民を助けてくれたのが「えすぺり」の大河原伸さんだ。種芋の他にも畑の広さや土の具合などに合わせて、ふかふかの土や自家製の肥料、鍬などの道具一式を持参して下さって、荒れた土地をあっという間に畑らしい姿に耕して整えて下さったのだ。

「僕はね、ひと坪農民がどんどん増えていったらいいなと思っているんですよ」

「ひと坪農民」というネーミングは伸さんによるもの。ひと坪畑のひと坪農民。なんていい響きなんだろうととても気に入っている。こんな小さな場所ではできることも限られているし、食べられるものを果たして自分に育てることができるんだろうか？　などと思っていたけれど、「それでいいんだよ。まずはやってみること」と伸さんに言ってもらえたようで嬉しかった。新米

035.

ひと坪農民

ひと坪農民は伸さんに倣って鍬を土に振り下ろし、振り下ろしして、じんわりと汗ばみながら初めて種芋を植えた。背中を日に照らされながら土に触れているだけで、なんとなく心が静かに落ち着いていく。大地はトゲトゲしたものを溶かして、いつの間にかどこかへ流してくれる。頭など通り抜けて理屈抜きに体が理解している感覚だ。

今、こうして当たり前に土に触れることができていることすら実は奇跡なのかもしれない。ふきのとうだ、何だと季節の恵みと今喜んで口にしているものも、十年前に起こった東日本大震災による原発事故の影響で、数年前までは味わうことができなかったのだから。

二〇一一年の大震災。当時私は東京に住んでいたが、やはり何年経とうが毎年三月は特別な月で、自分でも気づかないうちに少しナーバスになっている。それまではぼんやり、のほほんと呑気に生きていたけれど、あれから暮らし方というものを自分なりに真剣に考えるようになった。大きな力の恩恵を受けて生きていることも重々承知しながら、でもそれに頼りきらず、何かが起きても最低限自分の手で作るものの中でも生きていけるようにするには何をしていけば良いか。それは何も眉間にしわを寄せて考えたり、大きな声をあげて訴えるのでも、作り出すのでもなく、目の前のことをどれだけ楽しめるかどうかということ。人から見たら大変そうに思えることも、いかに面白がることができるか。誰のせいにするのでもなく、自分が何もできない小さな人間であることもわきまえた上で分相応にやれることを。

食べもののこと、モノとの関わり方、本当の豊かさについて。ぐるぐると思いが行き詰まるときも土に触れるとモヤモヤしたものがスーッと晴れていく。田畑を耕し、常に自然に触れている伸さんは、いろんなご苦労や思いを抱えているはずなのに、お会いするときはいつも広々とした穏やかな大地のように、とびきりの笑顔なのだ。

039.

花おこしの雨

清明　四月四日——四月十九日

「この頃に降る雨は花おこしの雨って言うんだよ」

「花おこしの雨」という言葉を教えて下さったのは、ご近所のお店のご主人だ。三春へ引越しをして間もなく、in-kyoの開店準備をしていた頃のこと。三春は夜遅くまで営業をしている飲食店は少ないというのに、東京でお店をやっていた頃のクセがなかなか抜けず、その日もつい張り切って作業をしていたのだ。今ならベニマルでサッと食材を買って簡単にできるものを作ればいいと頭が切り替わるのだが、当時はまだ外食で済ませようと、唯一灯りのついているスナックへと入ってみたのだった。そのお店からは足が遠のいてしまったけれど、「花おこしの雨」は桜のつぼみが赤みを帯びてくると、毎年思い出す季節の言葉として刻まれた。
「花おこしの雨」とは「催花雨」という言葉と同じく、開花寸前に降るあたたかな雨のことで、桜などが花をほころばせる（目を覚ます）きっかけとなっていることからそう呼ばれているそうだ。気分が重くなりがちな雨空も言葉ひとつで優しくなれるのだから、日本語は素晴らしい。

今年もいつものようにあたたかな雨が降った。例年と違うことは、四月に入ってから降るはずの花おこしの雨が、三月の春分を過ぎた頃に大地をしっかりと湿らせたこと。例年ならばその後に粉雪が舞ったり、霜が降りるはずで、桜の季節はもう少し先。これで桜が開花するはずなどないだろうと油断をしていた。そんな風にすっかりわかった気になって、余裕で構えていた私を見透かすように、人間の想像をふわっと軽やかに飛び越えて、春が急にやって来たのだ。

三月の末頃、自宅の庭から見える光岩寺（こうがんじ）の桜の枝先全体が、赤みを帯びてきたなぁなどと悠長に構えていたら、その二、三日後にはふんわりとした淡いピンクの花をほころばせているではないか。嬉しい、けれどもどこか気持ちは複雑だ。長い冬が終わって、待ちに待った美しい季節がやって来たのだから、心からそのことを喜びたいというのに気持ちが追いついていかないのだ。そんな私をよそに、次々と花開く桜たちは山々に色を添え、町の中にも華やぎをもたらしている。その勢いに置いてきぼりにされないように、こちらも気持ちを急かして慌てながら一生懸命追いかける。

近いのに訪れたことのなかった高乾院（こうけんいん）や馬頭観音に龍隠院（りゅうおんいん）、三春病院の裏手から田村高校のグラウンドを望む散策路での初めての桜。三春は坂を登って降りてという土地が多いから、ちょっと高台に行くだけで眺望が変わる。息を切らして登ればいい運動。そのご褒美のように桜が遠くで微笑んでいてくれる。車でほんの少し足を延ばせば、滝桜を筆頭に、名がつく町内の桜はもちろん、隣りの西田町にある雪村桜や夫婦桜、たまたま通りがかった本宮市では菜の花畑に囲まれた塩ノ崎の大桜にも出会えて、帰りには源泉掛け流しの温泉にも寄ることができた。桜の見頃と休みの日が重なり、しかも天気は穏やかに晴れ渡ったお花見日和。欲張りな私に寄り添うように、春の景色はどこまでもやさしい。

in-kyoから歩いて数分の王子（おうし）神社で、出勤前にひとりブランコに揺られながら桜の空を見上げていたら、気忙（きぜわ）しくしていた自分がなんだかとても滑稽に思えてきた。必死になって追いかけたところで追いつくことなどできないのに、目の前のそのままを見て感じるだけでも十分なのに、私は一体何をやっていたんだろう。そう思った瞬間、何かからフワッと解放されたような気がした。童心に返って漕いだブランコの効用かしら。マスクを外して思い切り深呼吸をし、春の空気を身体中に行き渡らせる。土の匂い、草の匂い、桜の幹からは心なしか桜餅のような香りもする。そして遠くでまだ咲いている

044.

続・三春タイムズ

045.

「清明」

のであろう、品のある梅の香りも風がどこからか運んで来て、ホーホケキョときれいな声で上手に鳴いているウグイスの声まで聞こえてくる。桜の開花が早まったお陰で、三春の名の由来の通り、今年は梅・桃・桜の三つの春がほぼ同時に訪れたのだ。

異常気象、温暖化など心配事は尽きない。それでも早くても遅くても、春はちゃんとやって来る。「いつものように」とつい人間の都合で考えても抗うことはできないし、今年の春は今ここにあるということを自然に諭された気さえする。まだ、あともう少し、切なくなるほど美しいこの景色を目に焼きつけておこう。季節は進み、花散らしの雨、「桜雨」が降れば、柔らかな緑の葉が芽吹き始める。もしも寂しい気持ちが湧いたときには、季節を慈しむように花や桜を添えた日本の言葉が、まぁるくあたたかなものでそっと包んでくれることでしょう。

047.

「清明」

穀雨　四月二十日――五月四日

ままごと

春がいっせいにやって来て急ぎ足で私の目の前を駆け抜けていく。待って待って！　と叫んだところでその声はどうやっても届かない。我が家の小さな庭でさえ日々の様子は目まぐるしい。昨年はあの辺りにあったはず！　と、目星をつけて腰をかがめながら注意深く探し始めると、枯葉の間からぴょこぴょことふきのとうが今年も律儀に淡い黄緑色の頭をのぞかせていた。

「天ぷらにするならもう少し大きいのがいいなぁ」

そんな風にこちらが食い意地を見せている隙に、ふきのとうはあっという間に花開き、天ぷらは泣く泣くあきらめてふき味噌に。泣く泣くなどと言いつつも、ふき味噌だって楽しみにしていた春の苦味。ご飯のお供はもちろん、三角あげに挟んだり、クリームチーズに混ぜればちょっとしたおつまみとなる。ツクシは気配すらなかったというのに、一晩のうちに芽を出したのだろうかと思うほど、いつの間にかいたるところにニョキニョキと生えている。その姿はまるで『ムーミン』に出てくるニョロニョロのようで、つい話しかけたくなってしまう。友人の実家ではお母さんがツクシを塩茹でにして春を味わっていると聞く。ならば私もと、ニョロニョロたちをザルいっぱいに摘んでひたすら袴を外し、ツクシのきんぴらを作ってみることにした。山ほどあったツクシは油で炒めるとしなしなとカサが減り、出来上がってみればほんの一握り。それでも小鉢に盛れば春の一品、お店では買えない味になる。背丈が伸びたら草刈りどきには邪魔者扱いされがちなヨモギだって、やわらかな若葉の頃は大歓迎。友人に教わった通り、やわやわな新芽はそのまま細かく刻んで、炊きたてご飯にゴマや梅干と一緒に混ぜたり、お味噌汁に入れ

051.

「穀雨」

るのもいい。独特の蒼い香りが口の中に広がって鼻へ抜ける。まるで春の洗礼を受けたような清々しさだ。少し育った葉っぱは、塩と重曹を入れたお湯で湯がいて、水に晒した後はミキサーへ。たくましい繊維があるのでなめらかなペースト状にとはなかなかいかないけれど、これを作っておけばヨモギ餅にもパスタなどの料理にも気軽に使えて重宝する。冷凍にしたり、オイル漬けにしておけばさらに保存も利くことでしょう。

気づけば庭が台所になっている。買って来た食材で料理をするのとはちょっと違う。しゃがみこんで土と草の匂いを感じながら手を動かすこの感覚。畑仕事ともまた別の、この懐かしい感じは一体何だろう？

「ままごと」という言葉を久しぶりに声に出してみた。そうだ、私がちまちまと庭でやっているこれは、まさに「ままごと」だ。三春の今の家で暮らすようになって、その言葉を数十年ぶりに思い出し、そして実家の庭へと記憶がワープした。

子どもの頃は実家の庭でよくままごとをやっていた。幼い頃は体があまり丈夫ではなく、すぐに熱を出したりするものだから保育園や幼稚園も休みがち。外を駆け回ったりするよりも、家の中で本を読んだり絵を書いたり、庭で静かにできるままごと遊びが好きだった。おもちゃの小さな器や母が使わなくなった台所道具やらを庭に広げ、草花を使って作った創作料理。タンポポやオオイヌノフグリはお気に入り。ぺんぺん草（ナズナ）や赤まんま（イヌタデ）、オオバコ、カラスノエンドウの名前は、当時は知らなくてもよく目にする顔見知りの雑草たちだった。砂で作ったご飯をよそって、仕上げにお花を飾れば出来上がり。「いただきます！」ハフハフと食べたふりをして「ごちそうさま」。祖母がすぐ近くで庭仕事をしている姿が視界にあることで、安心しきって一人で遊ぶことに夢中になっていた子どもの頃。

そういえば祖母も庭からの収穫で春の料理を作っていた。ふき味噌の時期を終えたらふきの煮物。シワが深く入った指先をアクで黒く染めながら、ふきの筋を取っていたっけ。痩せて骨ばった手は休まずよく働いていた。祖母が作る季節の風味は、幼い子どもが味わうには難しかったけれど、その器が食卓に並んだ風景だけは覚えている。

あれからいくつも歳を重ねているというのに、なんだかちっとも変わっていないと思うと可笑しくなった。違うことといえば春の美味しさを知るようになり、ままごとの延長ながらも、ちゃんと食べられるものを作るようになったということくらいだろうか。

さて、そろそろ敷地の藪林にはタケノコが頭を出し始める頃だろう。春の雨上がりなどはタイミングを見逃さないようにしなければ。庭にバーベキューコンロとテーブルをセットして、まずは採れたての穂先をサッと湯がいてタケノコのお刺身に。皮ごとアルミホイルに包んで薪ストーブに放り込み、ホクホクの蒸し焼きにしたものも美味しい。茹でてから炭で焼いて、シンプルにオイルと塩で食べるのもタケノコそのものの香りごと楽しめる好みの味。翌日のタケノコご飯には庭の隅っこに芽を出す山椒の葉を添えて。

タケノコ掘りは、「産直はせがわ」夫の担当。急ぐように、逃がさぬように、この土地の恵みを味わい尽くす。まさか「ままごと」の面白さを大人になって再び知ることになろうとは。記憶の中の幼い私にクスクスと笑われているような気がする。

立夏　五月五日――五月二十日

ヨガ教室

in-kyoの閉店後、いつもならマイペースに行う業務も、その日ばかりはテキパキと終わらせて、小走りでヨガ教室へ向かう。教室の場所はin-kyoから歩いて約五分。三春交流館「まほら」の二階にある和室で、週に一度行われているヨガ教室へ通っている。

「まほら」は町中の中心地にあり、一階には音楽会や舞踏、演劇、映画上映や落語会などが開催できる大ホール、小ホールがあり、二階には会議室や和室などがある、公民館とイベントホールの機能を併せた町の施設だ。名前の由来は「よく整っていること」。完全なさまを意味する古語の「真秀」に、場所を示す「ら」がついたもので、「すぐれた良い場所」という意味から名付けられたそうだ。名前の由来を知る前から、声にしたときのすっぽりと包まれるような言葉の響きに親しみを感じていた。

　私が「まほら」に到着する頃には、先生とすでにいらしている皆さんの笑い声や話し声が、和室の入口の方から聞こえてくる。そのホッとするような和やかな雰囲気を自分が乱してしまわないように、努めて深呼吸をして息を整えながら準備をする。まるでいつも遅刻ギリギリに登校して教室にすべり込む学生のように、なるべく気配を消しつつそそくさと後ろのスペースにマットを広げ、スッとヨガの時間へと気持ちを切り替えていく。するとそれまでザワザワしていた自分の内側が、ゆっくりゆっくり凪いでいくのがなんとも言えず心地よい。

　三春でヨガ教室に通うことになったのは今から三年前、KUU先生との出会いがあったからだ。in-kyoに何度か足を運んで下さっていたその方が、ヨガの先生だと知ったのはしばらく経ってからのこと。会話の流れで教室のお知らせのチラシを戴いたことがきっかけだった。それまでヨガを習いたいと思っていても、ジム通いにはどこか照れくささを感じて気後れもしていたし、たとえジムへ行くことを決心したとしても三春からは車で通わなければならない距離。となるとペーパードライバーは、まずは教習所に行くことの方が先となる。そんなことを考えているうちに、気持ちがシュンとしぼんでいた。それが仕事が終わってから歩いて向かっても間に合う距離。しかも素敵だなぁと思っていた方が先生だなんて！　こうして迷うことなく私のヨガ教室通いが始まった。

先生はいつもいたって優しい。

「鼻から息を吸って。鼻から吐いて。鼻から息を吐くのが苦しい方は口から吐いても結構です」

「無理はしないでください」

週に一度の教室でも、仕事の都合や体調の具合で通えないこともある。そんなときも先生は「休むこともヨガの一部なんですよ」と言って下さる。ヨガの本質の意味までは理解などできていないのだけれど、その言葉のおかげで抱えた罪悪感が薄らいでいく。

木のポーズ（ヴルクシャアーサナ）は片足で立つのでバランスを取るのが難しい。ゆらゆらと体が動いてしまっても「揺れてもいいんですよ。揺れながらバランスを取ろうとすることが大事なんです」と先生に言葉をかけられるだけで、「〜しなければならない」と、いつの間にか何かに縛られていた気持ちから解放される。体だけでなく、頭の中も心もふわっとゆるんで、それはどこかぬるめの温泉に浸かってゆるゆるとリラックスしているような感覚にも似ているのだ。

KUU先生は三春出身の方で、東京で仕事をしていたが四年前に三春に戻ってこられた。私が東京から移住をしたときに感じたことと同じように、三春は季節の移り変わりがくっきりとしているとよくお話しして下さる。伺い

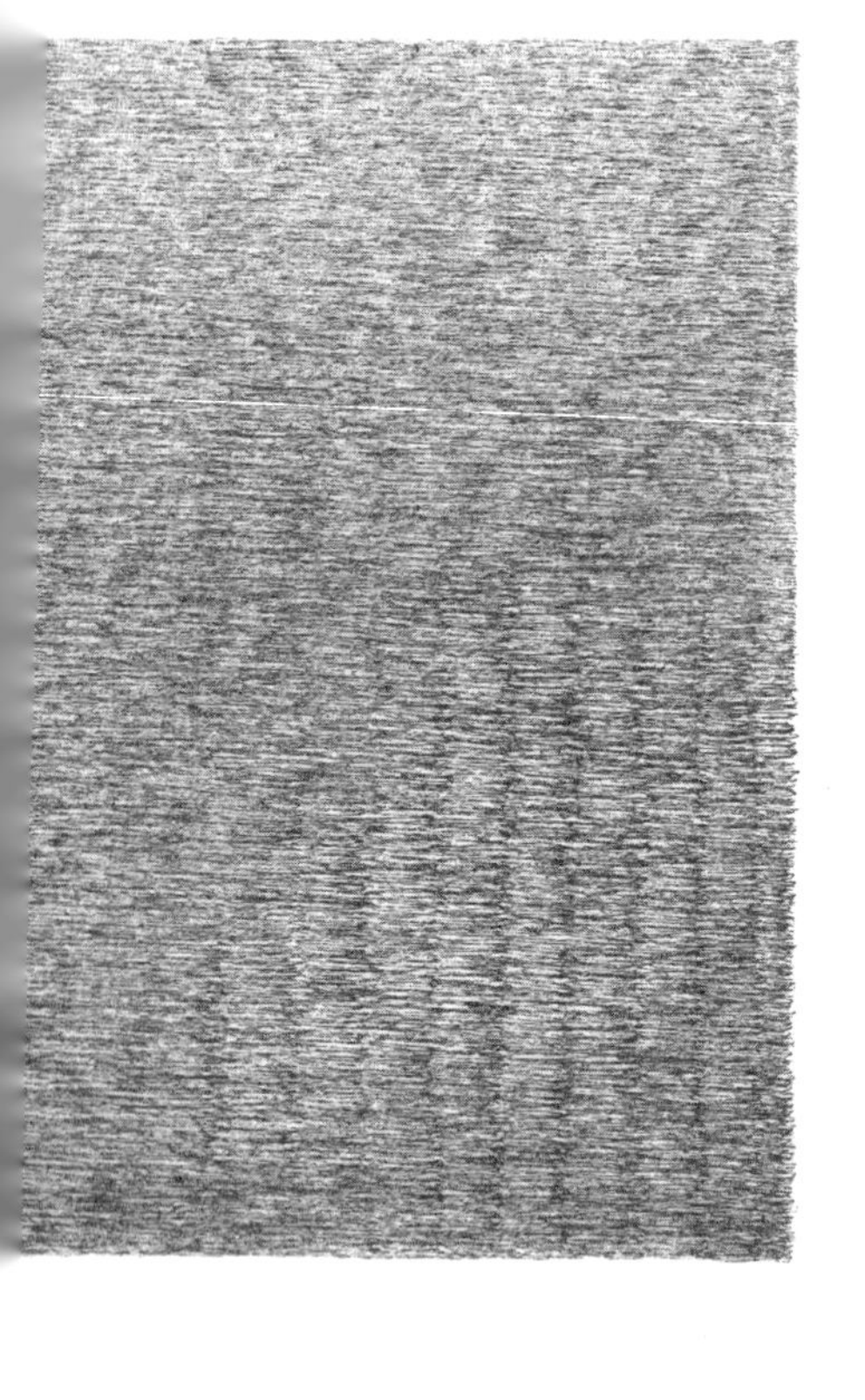

061.

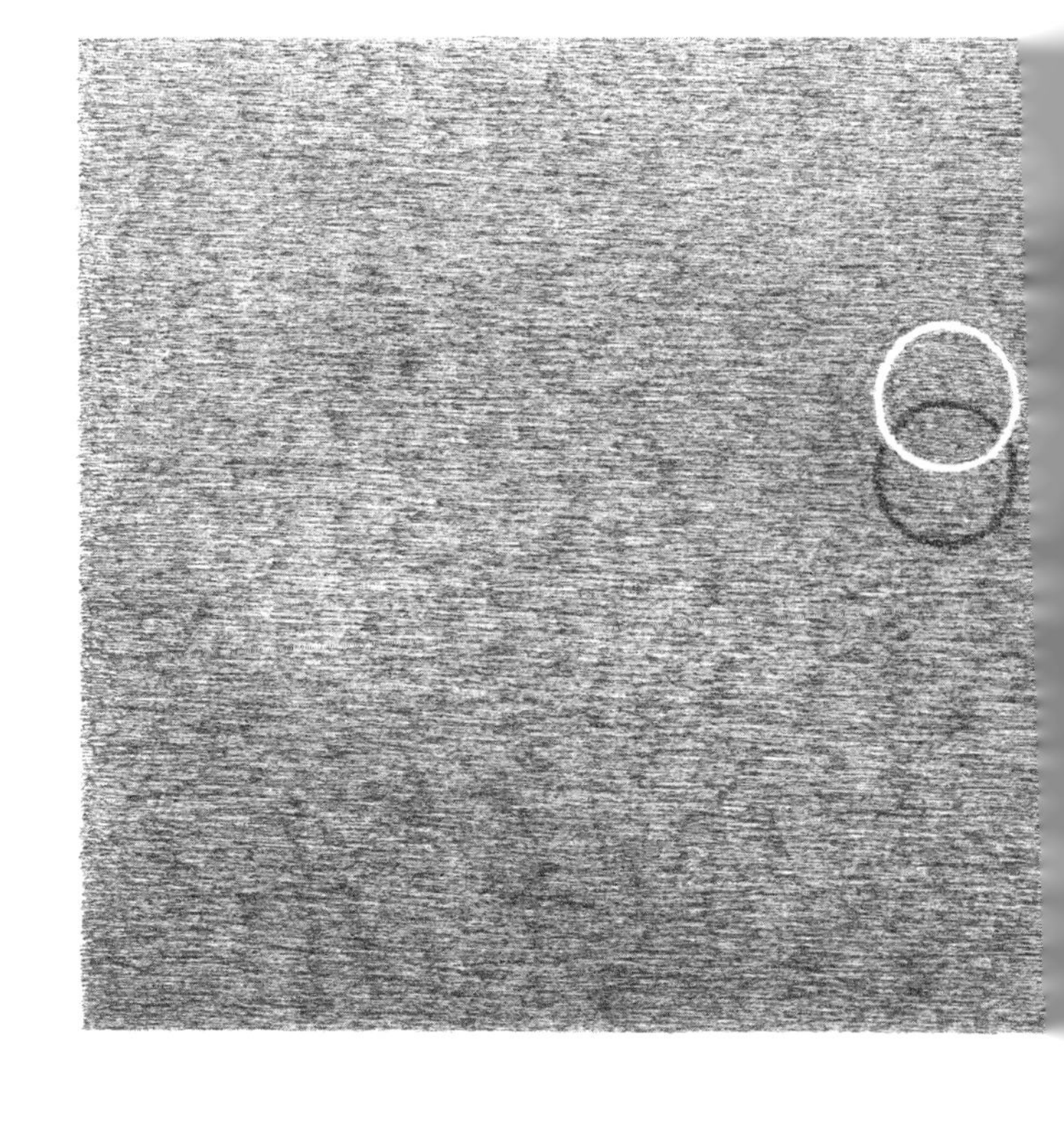

「立夏」

ながら、先生が目にした景色を一緒に散策しながら味わっているような、そんな気持ちにさせてもらっている。草木や木々が芽吹き始めた頃のほわほわとした赤ちゃんの産毛のような緑のことや、ぐんぐんと濃くなっていく木の葉が、陽の光を受けてキラキラと輝くさま、その頃を過ぎて葉の裏側の白さが目立ってきたという様子など。「美しい」ということは十分にわかっているその風景も、気に留めなければ気づかぬうちに目の端を過ぎ去っていく。その小さな日々の移ろいを、ヨガの教室に持ち寄ってみんなで分かち合うような時間にもなっている。

　教室の始まりにはそんな季節のお話や暦のこと、月と月星座、そしてその星座が司る体の部位のことを先生がお話ししてくださるのを毎回楽しみにしている。月の満ち欠けと体の調子が関係していることは、なんとなく体感でわかっているつもりだけれど、そこに月星座というものも関わっていることが興味深い。いざヨガが始まると、呼吸や動きに意識を集中させていくうちに、頭の中から余計なノイズが少しずつ消えていき、最後の屍（しかばね）のポーズ（シャバーサナ)の頃にはすっかり体がゆるんで、ストンと眠りに落ちてしまうことすらある。

ポカポカと体が温まった帰り道は気分が良く、教室の時間をおさらいするように、つい月を見上げながら歩いて帰っている。下弦の月、上弦の月、新月、満月。今日の月星座と体の部位は……。日々刻々と変化している自然の流れの中に、ちっぽけな自分がそこにいて、ただただ添わせてもらっているだけ。決して卑下するわけではなく、あくまでもフラットなそんな謙虚な気持ちも、ヨガを通して学んでいる。

小満　五月二十一日――六月四日

お城山

毎朝、今日の天気はどうだろうかと、ものぐさをしてベッドに横になったまま窓から空の様子をうかがう。木々が光に包まれている。恵みの雨が必要なことも十分わかっていながら、それでもやっぱり青空が広がっているとそれだけで気分がいい。寝起きだって違ってくる。緑が日に日に濃くなっていく今の季節はなおさらのこと、キラキラと光の粒が弾けるように、そこいらじゅう生命力に充ち溢れている。

そんなあるとき、我が家に宿泊した友人が、早く目覚めてしまったからとお城山まで散歩に出かけたことがあった。散歩に行くなら家から十五分ほどで行くことができる何通りかの道がある。一体どの道を選んだのだろうと、こちらはまだ半分夢の中でウトウトしながら考えていた。散歩から戻った友人は、お城山へのルートや途中の景色、草花、出会った鳥の話などを、朝日のシャワーで洗われたかのようにすっきりとした様子で話して聞かせてくれた。友人が私たちの暮らす土地に親しんでくれることが嬉しい。嬉しいのだけれど、なぜだか軽く嫉妬してしまった。それはたぶん、ごくごく近所の知っているはずのその風景を見ていない、自分へのがっかりした気持ちからだ。その年、その一瞬の景色を自然はいつも見せてくれているというのに、見てもいないのに「緑の季節」などと一言でひっくるめてわかったつもりになっていた。

翌朝は、目覚ましが鳴るよりも早く目が覚めた。我ながら欲が深いものだと苦笑いしてしまうけれど、こんな欲なら自分を許してあげてもいいかなと

067.

「小満」

も思う。夫と連れだって、友人の散策ルートをおさらいするように早速お城山の頂上へと向かう。三春はアップダウンが多い町。その中でもトレーニングになりそうなほど急な坂道を、息を切らしながら登っていく。さらに頂上付近の石段を登りきった場所が三春城址。ぽかんと開けて空の広さが気持ちいい。木々の合間に所どころ配置されたように、緑豊かな三春市街地の家々や建物、遠くには安達太良（あだたら）連峰までくっきりと見渡すことができる。広場は刈り取られた後なのか、雑草たちもまだ絨毯のようでかわいらしい。無邪気に寝転がって大の字になりたい衝動に駆られるほど清々しい。初めて訪れたわけでもないのに、新しい場所を教えてもらったかのような喜びがわいてくる。一角には東屋もあり、次の休みの朝ごはんはそこで食べようということになった。

　お楽しみがあれば早起きすることも苦にならない。私は単純にできている。前日の残りのお味噌汁を温め直したものをスープジャーに入れ、コーヒー豆と手挽きのミルやコーヒー道具を一式、沸騰させたお湯は保温ポットに。パンやお菓子も一緒に簡単な朝ごはんセットをカゴに詰めていざ頂上へ。途中、塀を覆うほどのモッコウバラが見事なお宅や、尻尾をぶんぶんと振りながら、あいさつをするように吠える犬がいるお宅。足元にはスミレやわすれな草に似た水色の小さな花が愛らしいキュウリバナ、オドリコ草の群生、三つ葉やふきの姿。上を見上げれば涼しげなミズキが満開の花を咲かせている。

東屋で道具を広げてコーヒーをいれ始める。いつもと同じ、いつもの作業をなぞっているだけなのに、ただシチュエーションが違うというだけで、特別な休日のように感じられるから不思議だ。耳に届くのは鳥の鳴き声と風が木々の葉を撫でる音。時計の針がゆっくりゆっくりと進んでいく。

町の人から「お城山」と親しまれているこの場所、三春城は別名「舞鶴城」と呼ばれていたそうで、あの三春あげの三角形は、舞鶴城の名にある「鶴」が空を飛ぶ様からきているという説もあるとかないとか。本丸跡は東屋のある下段と、そこから少し階段を上がった上段に分かれていて、その上段には標柱と石碑。そしてポツンポツンと木のテーブルとベンチが無造作に置かれている。草刈りや掃除などの手入れはされているのだけれど、あくまでもさり気なく、自由な感じがかえって心地いい。訪れた時はちょうど、地面を覆う雑草と木々の緑にその場がすっぽりと包まれて、そこにちらちらと降り注ぐ木漏れ日の様子が、まるで絵画か絵本の世界のよう。下段でも散々ゆっくりとくつろいでいたというのに、場所を移してまたのんびり。他には人もいなければ、まだ蚊も出てこない。鳥の鳴き声と風の音に耳を傾けながら、目を閉じて深呼吸を繰り返すと、頭の中が静かになだらかになっていく。どこか遠くへ出かけたいとも思うけれど、友人のおかげで、すぐ近くにある青い鳥のような場所を知ることができた。知るとは頭でだけではなく、むしろ頭を通過せずとも、その場の空気の中に身を置いてみることも大事だと教わるようなひとときだった。

帰りはお城坂枝垂れ桜を見下ろす道に出る別のルートでくだってみることにした。どこもかしこも緑に包まれている。駐車場がある辺りには、紫陽花がまだ青い小さな蕾を蓄えて、つやつやの葉を斜面に広げている。季節になれば色とりどりの様々な種類の紫陽花が涼やかな景色を見せてくれることでしょう。城山公園にはこの場所以外にも、景観整備を兼ねて、数年の間に町と三春まちづくり協会の協働によって約四千本の紫陽花が植栽されたとのこと。その後も剪定などの手入れがされている。この場所の気持ち良さは、程よい人の手によるものもあるようだ。また青い鳥に逢いに行こう。

芒種　六月五日——六月二十日

梅干先輩

今年も梅農家を営む知人に梅干用の南高梅を注文した。梅が届いたらすぐさま大きなザルに広げて黄色くなるまで追熟を待つ。数日経つと、青梅は次第に色づき、ポッと頬を染めたように赤みを帯びてくるものもある。そうなってくると、部屋中が甘酸っぱいような、なんとも言えない芳しい香りに包まれていく。

梅干を漬け始めるようになったのはいつ頃からだろう？　震災があった年

は途切れてしまったけれど、それを除けば十年以上は続けている。食べたいから作っているのはもちろんだが、梅しごとの作業自体が好き……いやもっと単純に追熟の時のあの香りに出会うために、毎年続けているようなところがある。

以前にとある雑誌の連載ページに梅しごとの話を書いたことがきっかけで、ご近所の方と梅干作りの話になったことがあった。お相手は人生の大先輩。しかも男性。どの品種の梅を使うか、塩はどんなものを使うか、赤ジソの有無や他にもいろいろ。私自身は塩の種類や塩分濃度を変えたりということはあっても、やり方は一度覚えたままで毎年続けているだけだったから、その方が実験をするように梅干作りを楽しんでいらっしゃるお話がとても興味深かった。甕がいくつもあると伺ったけれど、一体何キロの梅を漬けているのだろう？　後日、梅干ではないが甘く漬けた梅のシソ漬けを戴いた。香りが良く、程よい酸味が爽やかで美味しいこと、美味しいこと。私にとっての梅干先輩。先輩が仕込んだ甕がいくつも並ぶ様子を想像しているだけで豊かな気持ちになっていく。

ある朝、自宅からin-kyoに向かって歩いていると、梅干先輩とバッタリお会いした。

「おはようございます」

しばし立ち話。もちろん話題は梅干のことである。

「梅干のことなら乗松祥子さんという方の本が図書館にあるから一度読んでみるといいですよ。私はとっても勉強になって参考にしているんですよ」

早速、図書館で本を借りて勉強、勉強。道端で梅干作りのことで会話ができて、そして新しい扉が開いていく。年代も性別も超えて、共通の話題があること、しかもそれが梅干という日常的なことであるのが、なんだかたまらなく平和に感じられて嬉しかったことを覚えている。

祖母が元気だった頃は、毎年自宅の梅の木から採れた梅の実を使って梅干を漬けていた。祖母の梅干は赤ジソを使わない塩だけで漬けたもの。茶色くて梅干本来のしっかりとした酸っぱさで、子どもの頃は好んで食べることはなかなかなかった。塩の分量も塩分濃度をちゃんと測っていたかどうかは定かではない。塩が入った容器は、いつもホーローでできたレンゲを入れたまま使っていたので、おそらく祖母は梅の大体の量に対して「レンゲ何杯分」といった測り方をしていたのではないか。今さらながら、あの頃祖母にもっと聞いておけば良かったなぁとか、あれはどうしていたのだろうと思うことが多くなっている。いつどのタイミングで土用干しをするのか。パーセントといった数字的なものを超えて、それでもブレないような味が定まったときに、その人ならではの味というものが出来上がっていくのでしょう。祖母も私にとっては梅干の大先輩。祖母の味ともまた違う味。私が目指す味とはどんなものだろう？

今の家の庭にも梅の木があるが、しばらく手入れもされていなかったからか、なかなか実をつけないまま、春先になるとかろうじていくつかの花だけを咲かせている。本来だったらこの梅の木に生る実で梅干を漬けたいところだけれど、それは叶わずにいる。先の梅農家の知人は、東京でお店を営んでいた頃に出会っていた人で、縁あって移住をした和歌山県で梅農家に就農し、農薬も肥料も使わずに自然栽培で梅を育てている。ここ数年はそこで大事に育てられ、収穫された南高梅を使って梅干を作っている。その梅の実には斑点があったり、大きさが揃っていないなど、欠点もあるけれど、自然栽培という安心感と、育てている人を知っているからか、あばたもえくぼよろしくその姿も含めて愛おしい。実際にはこれまで使っていたどの梅よりも香りも味わいも良く、実は好みのやわらかさで仕上がってくれる。

我が家の梅の実、知人が育てる梅。高田梅という福島特産の品種の梅があるからその梅を使ってと、いつかはそれぞれ甕を変えて、梅干先輩のように仕込んでみたいという夢もある。作業自体は単純なものの、やればやるほど奥が深い。梅干先輩は今年は果たしてどんな実験をするのだろう？　お天道様のご機嫌をうかがいながら、今年も無事に土用干しができることを願っている。

　梅干というと、深くシワが入った祖母の手の甲を思い出す。「梅はその日の難逃れ」ということわざの通り、自分で作った梅干に上白糖を少しかけて、毎朝ひと粒をおいしそうに食べていた祖母の姿も。上白糖をかけて食べることはしないけれど、この時期のお弁当には毎日のように梅干を入れて炊いたご飯をつめて、仕事場に持参している。私の手の甲に深いシワが刻まれる頃には、私の味というものが出来上がっているのだろうか。まだまだ、まだまだと梅干先輩たちの背中を追うようにしていることも作り続けている理由のひとつ。ひょっとしたら梅の香りはその気持ちを助けてくれているのかもしれない。そうやっていつの間にかここ数年が過ぎている。

079.

「芒種」

夏至　六月二十一日――七月六日

お庭探訪

まだ梅雨入り前だというのに、天気予報は雨マークが続いている。といっても、一日中雨が降るわけでもなく、夏空のような晴れ間が広がっていたかと思えば雷が鳴り出して突然の豪雨。と、空の様子はくるくると忙しない。そんな天気に歩調を合わせるかのように、雑草たちはぐんぐんと勢いを増して成長している。「つい先週草刈りをしたばかりなのに」なんて私の独り言など夕立の音に簡単にかき消され、雑草たちはまたその隙に庭を覆い尽くしてしまうのだ。私と雑草たちとのイタチごっこをよそに、秋に蒔いた草花の種も、この水と光の恵みのおかげで芽吹いて順調に育ち、花を咲かせる様子に、いちいち喜んでいる。今の家で暮らすようになってもうすぐ丸二年。一年目は草刈り以外の庭の手入れがなかなかできずにいたけれど、ここへきてようやく庭仕事が少しずつできるようになってきた。

以前の集合住宅に住んでいた頃は、自宅から歩いてin-kyoに出勤しながら、他所（よそ）のお宅のお庭を見るのを楽しみにしていた。季節になると、あらゆる種類の見事なバラが花を咲かせるお宅。ふわっふわのスモークツリーがシンボルツリーのように植えられたお宅。そしていつも見事だなぁと思っていたお宅は、お庭のアプローチにあるアーチ状のつるバラや、ハーブ、白のオルレアの花が一斉に咲く様子が素晴らしく、毎年その頃を心待ちにして、立ち止まっては見惚れていた。

ある日、いつものようにそのお宅の前を通りかかって、気持ちよさそうに咲く花やハーブを見ていたら、ちょうどお庭の手入れをされていた奥さまがいらしてごあいさつ。レースのように咲く白い花が「オルレア」という名前だということも、このときに教えて頂いたのだった。

今の家に引越しをしてからも、ご近所には、きれいにお庭の手入れをして草花を育てている素敵なお宅が多い。自然が身近にありながら、暮らしの中にも草花の美しさを取り入れて愛でている。町全体にそうしたお宅を多く見かけるのは、気のせいではないように思う。

山野草が植えられた和風のお宅。バラなどの洋風の花に囲まれたお宅。毎年少しずつ紫陽花を植えているというお宅は、お庭というよりも紫陽花山と呼びたくなるような広大な土地に、青く美しい景色が広がる。山へ続く斜面に咲く山百合の群生が、前を通るだけで誘うように甘い香りを漂わせるお宅もある。空き家のお庭にだって、手入れはされなくなっても、昔の住人が育てていた名残なのだろうか、季節ごとに花が咲いて、それが私の楽しみにもなっている。夏が近づくとムラサキツユクサ、ピンクの粒々が弾けたように花開くシモツケソウ。石塀に蔓を絡ませ涼やかな花が咲くクレマチス。よほど草花が好きだった人が住んでいたのだろうと、想像をしてみる。

我が家の庭には、私たちが引越しをする前には松の木が植えられていた。家主不在で剪定などの手入れもされないまま、それでもすくすくと十メートルほどまで成長していた大木だった。当時は家の中のことで頭がいっぱいで、庭造りの計画はノープラン。だからなおさらその木をどうしたら良いか決めかねて、庭師の瞳(ひとみ)さんに相談をすることにした。瞳さんは松喰い虫が福島にも増えていること、枯れた松葉が屋根を傷めたり、表の通りに落ちて通行する人に迷惑がかかることや、私たちがこの先大木の手入れを定期的にできるかどうかを考慮した上で、伐採を勧めてくれた。伐採の際には瞳さんによってお神酒(みき)が用意され、これまでこの庭で育ってくれた松の木に対して敬意が払われ、しかるべき段取りで伐採が執り行われた。

今では松の木があった面影すらなく、風通しの良い庭になっている。何からどう手をつけて良いのやらわからず、ガランとした庭のまましばらく放置していたものの、今年に入ってからは一角を枕木で囲い、ハーブを育てることに。オレガノやローズマリー、ミントやタイム、フェンネルやレモングラス、カモミール、ラベンダーなど、いくつか苗を植えてみた。はじめはか細く頼りなかった苗たちも、今ではもう何年もそこで育っているような顔をしてのびのびしている。その他にも青い実をつけた状態で購入したジューンベリーからは、いくつも赤い実を収穫することができ、もともとあった桑の木に生った桑の実と合わせてジャムにした。ブルーベリーやラズベリーに比べると、鮮烈さに欠けてやや地味な味わいかもしれないけれど、それでもこの時期だけの庭からのご馳走。グミの赤い実だって、鳥についばまれてしまう前に、どうにか美味しく味わう方法はないかと考えている。ハーブはサラダやチーズ、肉や魚、パスタなどの料理にせっせと使ってみたり、お茶にしてみたり。目で見て楽しむよりも、味わうことの方がつい優先してしまっているけれど、そうやって今までやっていなかった庭仕事の面白さを、まずは味

085.

「夏至」

わうことから探っている状態だ。

その一方で、これまで散策中に私の目を喜ばせてくれた数々のお庭のように、我が家も自分たちだけではなく、誰かを楽しませることができたらなどと考えている。家の前を通る人、宅配便や郵便物を届けてくれる方や、回覧板を手にやってくるご近所さん、訪ねて来てくれる友人たち……。

名前を教えて頂いた「オルレア」は、昨年の秋に蒔いた種が次々と可憐な白い花を咲かせて、そよそよとそよぐ風に身を任せながら、この一、二ヶ月、庭先にささやかな華やぎを与えてくれている。草刈りのときにあえて残したドクダミの純白の十字の花は、やはりよくよく見ると可愛らしくて憎めない。

手入れというには程遠いかもしれないけれど、少しずつ少しずつ、やりすぎずに自分たちがその時にできる、ほどほどのところ。鳥の鳴き声や風の音、草花や木の香りも手助けしてくれることでしょう。それで誰かがホッと気持ちを和ませたり、ゆるんだり、清々しい気持ちになってくれたなら。

「夏至」

小暑　七月七日——七月二十一日

あいさつ

お昼を過ぎ、陽が傾きかけたといっても外はまだ明るい。in-kyoのカウンターに座って作業をしていると、入口のガラス扉から下校途中の小学生の姿がちょうど見える。まだまだランドセルの方が大きいように感じられる低学年の子もいれば、私と身長がさほど変わらないんじゃないかなと思う高学年の子もいる。子どもたちの溌剌とした声や楽しそうな姿にはいつも元気をもらっている。ついこの間入学したばかりだと思っていた近所の女の子が、いつの間にか六年生になったと聞いて驚く。私は子どもがいないものだから、その重ねられた日々の濃さを知らぬうちに、月日が過ぎてしまっているのだと、ふと寂しく思うこともある。

そういえば、三春で暮らし始めたばかりの頃、子どもたちにあいさつをされてびっくりしたことがあった。今でこそ顔と名前を知っている子は何人かいるけれど、当時はまだ知らない子たちばかり。それなのに私が歩いている時に下校途中の子どもたちがすれ違いざま、「こんにちは〜」と、あいさつをしてくれたのだ。ハッと慌ててこちらも「こ、こんにちは！」と返したもののの、はて？　知っている子がいたのかしら？　と首をかしげて考えてみたが思いあたらない。その後にすれ違った子どもたちも私にあいさつをしてくれるではないか。小学生に限らず中学生も。駅の近くを歩いていたら、高校生まで知らない私にあいさつをしてくれるだなんて。そのことにいたく感激して夫に報告したほど。夫もやはり町を歩いていたら高校生にあいさつをされたと、移住をして間もない頃、我が家の夕飯時の話題となった。

東京ではまずそのような経験がなかった。もちろん友人の子どもたちや近所の知っている子、お店に来てくれた子は私が「こんにちは」と言えば「こんにちは」と返してくれる。でも三春町の、この誰に対しても同じようにということはなかった。幼い頃からの町の教育方針というのもあるのだろうし、あいさつをすることで防犯も兼ねてということもあるのでしょう。それにしても自分の子どもの頃を思い出すと恥ずかしい。私もあんな風に臆することなく、元気にあいさつができていたら、母を困らせることもなかったろうにと振り返る。

幼い頃はとにかく人見知りで、知っている近所の人に対してさえ、あいさつをするのが苦手だった。自意識が過剰すぎたのかもしれない。幼い子どもが元気にあいさつをすれば、誰だって嬉しくてニッコリと微笑み返してくれただろう。それがどうにも恥ずかしいのと、どこか怖いという気持ちも入り混じり、まさに蚊の鳴くようなか細い声で返すのがやっとだったのだ。

母と二人で電車に乗って出かけた幼いときのこと。幼稚園の頃だったか、年齢までは覚えていない。四人向かい合わせのボックス席に母と並んで座っているると、お姉さんが二人やって来て、向かいの席に腰を掛けた。お姉さんはいくつくらいだったのだろう？　二十歳くらい？　やさしい二人は「こんにちは」「いくつ？」と私に話しかけてくれたのだった。今、同じシチュエーションだったら、もうお姉さんではない私だって、同じように話しかけるだろう。でも幼い私は母に促されるようにして小さな声で応えるのが精一杯。そんな私にお姉さんたちは、バッグの中から飴か何かお菓子を取り出して、「どうぞ」とくれたのだった。ただ「ありがとう」と言えばいいものを、そのときも嬉しくてはしゃぐ気持ちを表にうまく出せずに、お礼がちゃんと言えたのかどうか、記憶がはっきりしていない。でもこのもどかしいやり取りは、なぜか忘れられずに今でもふと思い出すときがある。あのときニッコリ笑って「ありがとう」とすんなり言えていたら、その後の私の人生は少し違ったものになっていたのかしら。母はそんな私を連れて歩く度に、方々で私をせっつきながら、相手の人に謝りながらやり過ごしていたかと思うと、本当に申し訳なかったなぁと思う。ましてや実家は商売をやっていたというの

093.

「小暑」

に。看板娘などと言われたことが一度もなかったのは、このためだったとつくづく思う。

　今は幼い頃の私は身を潜め、できる限りあいさつを心がけようと思っている。それは子どもたちにだけではなく、はじめてすれ違うお年寄りにも。私がin-kyoの窓拭きをしているときに前を通りがかる方にも。ボーッとしていて、ついあいさつをしそびれてしまうこともあるけれど。

　町になじむにはこれが一番の近道なんだろうなぁということは、見ず知らずの私にあいさつをしてくれた子どもたちが教えてくれた。いや、なじむためとかなんとか何かの目的のためというのではなく、あいさつをしてあいさつが返ってくるのは、なんてことはないかもしれないけれど、理屈抜きに嬉しいことなのだ。

　小学校はもうすぐ夏休み。今年は心置きなく夏を満喫することができるのだろうか？　夏休みが明けて、真っ黒に日焼けしてのびのびとした子どもたちが、in-kyoの前を元気に下校する姿を楽しみにしている。世の中いろんなことが起きてはいるけれど、遠くの親戚か何かのような気分で、子どもたちの健やかな成長を勝手に願っている。

大暑　七月二十二日――八月六日

駅

今年に入って、以前から興味のあったアロマテラピーを学ぶために、月に一度いわき市にお住いの先生のご自宅まで通っている。私が車の運転をしないものだから、はじめの一、二回は夫が用事を兼ねて送ってくれたものの、それもなんだか気が引けて列車で通うことにした。

三春駅からいわき駅までは本数は限られるけれど、磐越東線の直通運転の列車に乗れば約一時間半で行くことができる。私が乗る時間に通学で使っている学生は、田村高校へ通っているようで三春駅で皆降りる。入れ違いに乗り込んだ車内は大抵ガランとしていて、見渡して席が空いていたら、進行方向に向かって右側のボックス席に座るようにしている。子どもみたいだと思うけれど、そちら側の景色が気に入っているからだ。

　磐越東線は二両だけの短い列車。走り出すときの音はディーゼル列車ならではで、トンネルに入る前には「ピー」という汽笛も鳴らして進んで行く。途中、艶々と濃く鮮やかな緑の木々の中を抜けていくと、夏井川渓谷が右手に見えてくる。車でもなく、自転車でも歩きでもない速度で流れていく風景。旅気分と同時に、私の頭の中では映画「少年時代」のワンシーンと、井上陽水の唄声が再生されるようで、どこか懐かしさや切なさといった郷愁にも似た感情まで湧いてくる。春には春の、そして夏の間にも刻々と変わる、その一瞬一瞬の季節のグラデーションを、自然は出し惜しみすることなく見せてくれる。すでに見慣れたつもりだったのに、毎回新鮮な思いで車窓からの景色に心奪われてしまうのだった。

　こうして列車に揺られながらいわきまで通っていると言うと驚かれること

が多いけれど、座ったままでいればいいだけで苦になることはない。むしろガタンゴトンといったあののんびりした揺れが私にとっては心地よく、本を読んだり、テキストを広げて教室の予習をしたり、ぼんやりと車窓からの景色を楽しむのにうってつけの時間となっている。この「ぼんやりする」ということが、普段は案外ないのかもしれないということにも気づかされる。そして次々ととりとめもない思考がふわふわと浮かんでくるうちに、いつの間にか眠気に襲われてウトウトとしてしまうのもいつものこと。深い眠りに落ちても、いわき駅が終点ということがまた都合がいい。

私が生まれ育った千葉の自宅の最寄駅は、今でこそ近代的な鉄筋コンクリートの駅になってしまったが、十数年前までは駅舎もホームに架かる跨線橋も、置かれたベンチまで木造の味わいのある駅だった。夏には改札あたりにリーンリーンと風鈴が涼し気な音を響かせ、冬になれば、近くの高校の被服科の学生が、ベンチに合わせて作ったという長い座布団が敷かれ、電車を待つ人の寒さを和らげてくれた。上るごとにミシッミシッと音をさせて軋む木の階段も今となっては懐かしい。若い頃はそんな駅に対して「古くて恥ずかしい」という気持ちが心のどこかにあった。その一方で、通学中の満員電車でもみくちゃになったり、仕事でクタクタのしおしおになってしまった私を「おかえり」と、無条件のやさしさで迎えてくれる安堵感もちゃっかりと味わっていた。古い木の匂いや、駅員さんがいる窓口の様子など、今でも細部まで思い出せるというのに、私があの木造の駅舎が大好きだったと気づいたのは、ずいぶん大人になってからのことだった。

三春駅の構内には、地元の野菜に、三春名物の三角あげなどを販売する産直売り場、お土産売り場がなどがあり、時間に余裕があれば、アロマ教室の先生へのお土産を手にすることもある。またササッと気軽にお蕎麦やラーメンなどが食べられる食堂もあり、メニューには三角あげをのせたお蕎麦やうどん、学生のために値段を抑えているのだろうか「学生ラーメン」といったものもある。部活帰りに、ここでお腹を満たして帰る学生もいるのでしょう。

彼らにとっては、今は平凡で当たり前だと思っているその日常の風景や友達とのやりとりも、いつか懐かしく思い出すことがあるのかもしれない。将来この地を離れても、帰省をした際には「あぁ帰ってきたんだな」とホッとできるあたたかな空気が、きっと彼らを迎えてくれると思う。

駅のホームで列車を待つ間、駅前の桜並木に大群でもいるのか、降るように鳴く蟬時雨が耳に届く。日中にはどんなにグングンと気温が上がっても、朝晩にはスーッと涼しい風が吹いてホームにも気持ちのいい風が抜けていく。山の緑も空の青さもくっきりと濃い。絵に描いたような入道雲までムクムクと姿を見せる。気に留めなければ何てことはない、駅で見た夏の景色のひとコマ。私の記憶の中の駅の風景と、今目の前にしている駅の風景を重ねていく。それは決して下絵を消してしまうということではなく、それぞれの輪郭をしっかりと捉えて確かめるための作業のようなもの。記憶の引き出しに大切にしまっておいて、いつか何かの拍子に、どちらの風景もすぐに思い出せるように。

101.

「大暑」

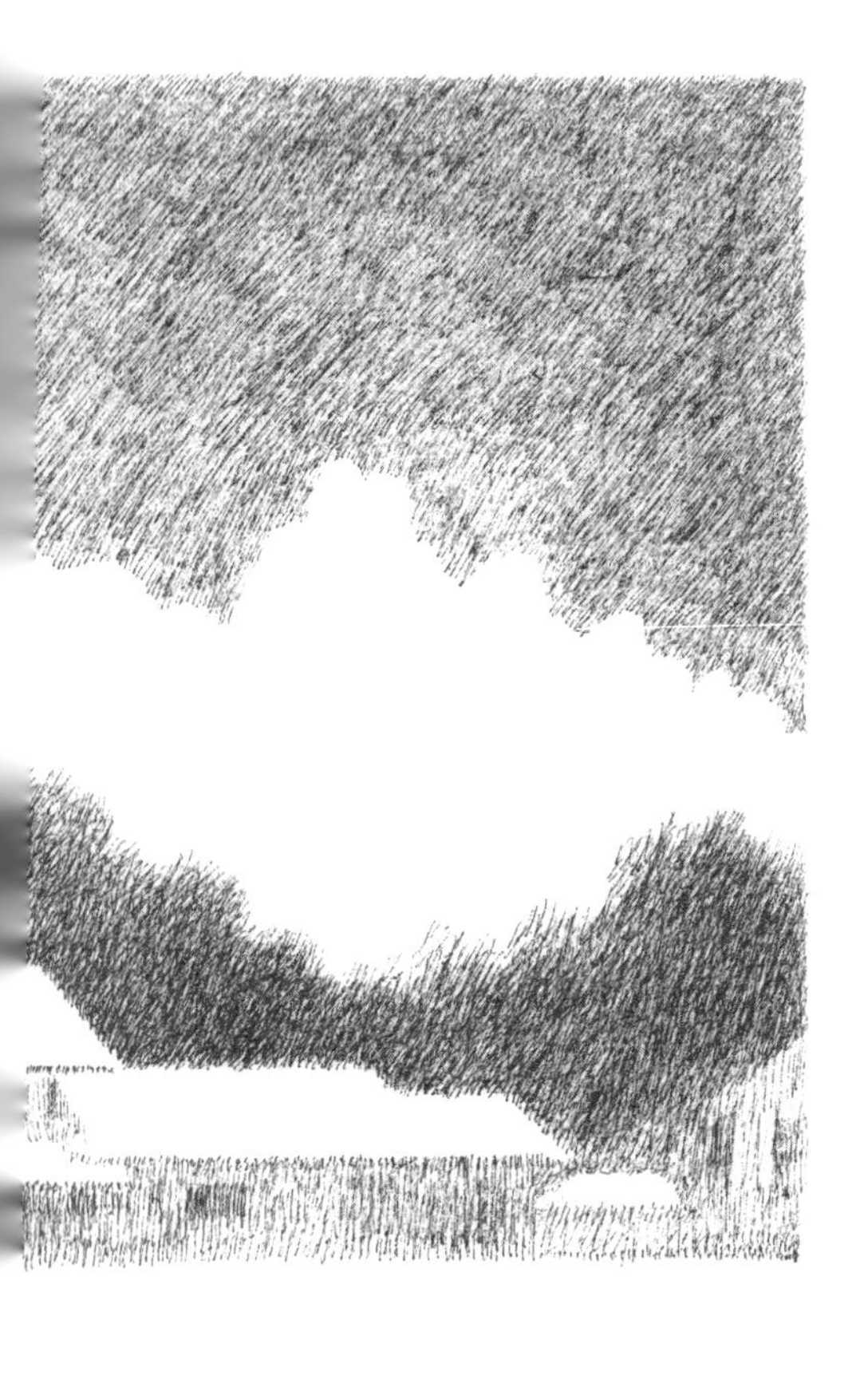

立秋　八月七日――八月二十二日

蟬

朝からジリジリジリと強い陽射しが照りつける。気づけば家の軒下や木戸には、蟬の抜け殻があちこちにしがみついている。いつだったか、蟬の羽化を自宅の庭先で見たことがある。子どもの頃はテレビや図鑑でしか見たことがなかったというのに、生まれて何十年も経って三春のこの土地に来て、初めて目にするとは思いもしなかった。

その日は朝、仕事へ行くために表へ出ると、玄関先でまさに羽化が始まるところだった。白緑（びゃくりょく）と言ったら良いのか、白みを帯びた淡く美しい緑色をした羽の蟬が、地上の日の光の下に姿を見せたその瞬間に立ち会えたことは、大袈裟なようだけれど感動的だった。

　陽が高くなってくると、ジィージィーと鳴くアブラ蟬と、ミンミン蟬のミーンミンミンジィーという鳴き声の大合唱。あの密やかに白く光る、淡い緑色の蟬の面影などなくなった別の生き物のような真夏の音。蟬の大合唱は「蟬時雨」の言葉の通り、日中は降るように鳴く声が聞こえ、夕暮れ時にはバトンを受け取ったかのように、ヒグラシのカナカナカナという声が涼やかに辺りに響く。眩しい陽射しの中、青空にムクムクと姿を現す入道雲や、グングンと勢いよく育つ雑草たち、野菜の色まで鮮やかな夏は、音だけではなくなんだかとても賑やかだ。暑い暑いとつい口に出してしまうけれど、私は自然が生み出すこの賑やかな夏が案外と嫌いではない。そのことをこの土地での暮らしで気づかされたのだ。

　そんな賑やかさとは一見対照的なのが夏の滝桜の風景だ。滝桜といえば花の季節と思われがちだし、もちろんその通りではあるのだけれど、夏は夏で素晴らしく、毎年一度は訪れたいと思っている。人出の多い春先とはまるで違い、夏場の滝桜周辺は昼間でもほとんどひと気がなくシンとしているが、そうかといってそこに寂しさはない。葉がワサワサと生い茂る千年を超えた大木の下まで歩いて行くと、うねるような生命力溢れる幹や枝が今にも動き出しそうで、ゾゾゾと鳥肌が立つほどの神々しささえ感じてしまう。初めてその姿を目にしたときは、木を見上げながら圧倒されてポカ〜ンとしてしまった。まるでそこだけ音が消えてしまった、静かな異空間のような空気にすっぽりと包まれているみたいだった。どこか神様のような滝桜と対峙し、なんとはなしに拝むようにして手を合わせる。こちらも静かな心地になっていくと、それまで気にもなっていなかった蟬の鳴き声が一斉に耳に届くのだった。蟬の他には、せいぜい鳥の鳴き声が時折聞こえてくるくらい。賑やかといえばそう言えるし、その自然の賑やかさ以外の音を、間違って自分が立ててしまわないように、そっと静かにその場を後にした。

滝桜までは家から車でほんの十五分ほどだというのに、あの木の下では日常とは違う空気が流れているように感じる。私の中ではそれは夏の風景に限ったこと。たまにあのワサワサの緑に包まれた姿を思い浮かべると、蟬の鳴き声はどこかに消えて、静けさの印象だけが蘇る。一方、我が家の庭では、相変わらず知らぬ間に羽化をしているようで、抜け殻をよく見かける。羽化するのは、おそらくまだひんやりとした風がそよぐ早朝。鳥の鳴き声も聞こえてこない静かな時間だ。そのうち何かが動き出すように、鳥が先か蟬が先か、一日が始まるように音も少しずつ動き出す。

勢いを増して庭を覆うように育つ雑草を取るのは、なるべく午前中の早い時間か暑さのピークを過ぎた夕暮れ時。帽子に手袋、虫除けスプレーもして、さらに帽子の上からは虫除けネットを被り完全防備。暑さ対策には、保冷剤を手ぬぐいで包んだものを首に巻いて、いざ作業に取り掛かる。「今日も朝から蟬の鳴き声が凄いこと」などと思っていても、黙々と草取りに集中し始めると、そんなことも忘れてしまう。そのうちシャツが絞れるほどの汗をかいたら、作業もそろそろ終わりの合図。すると上手くできた音響効果のよう

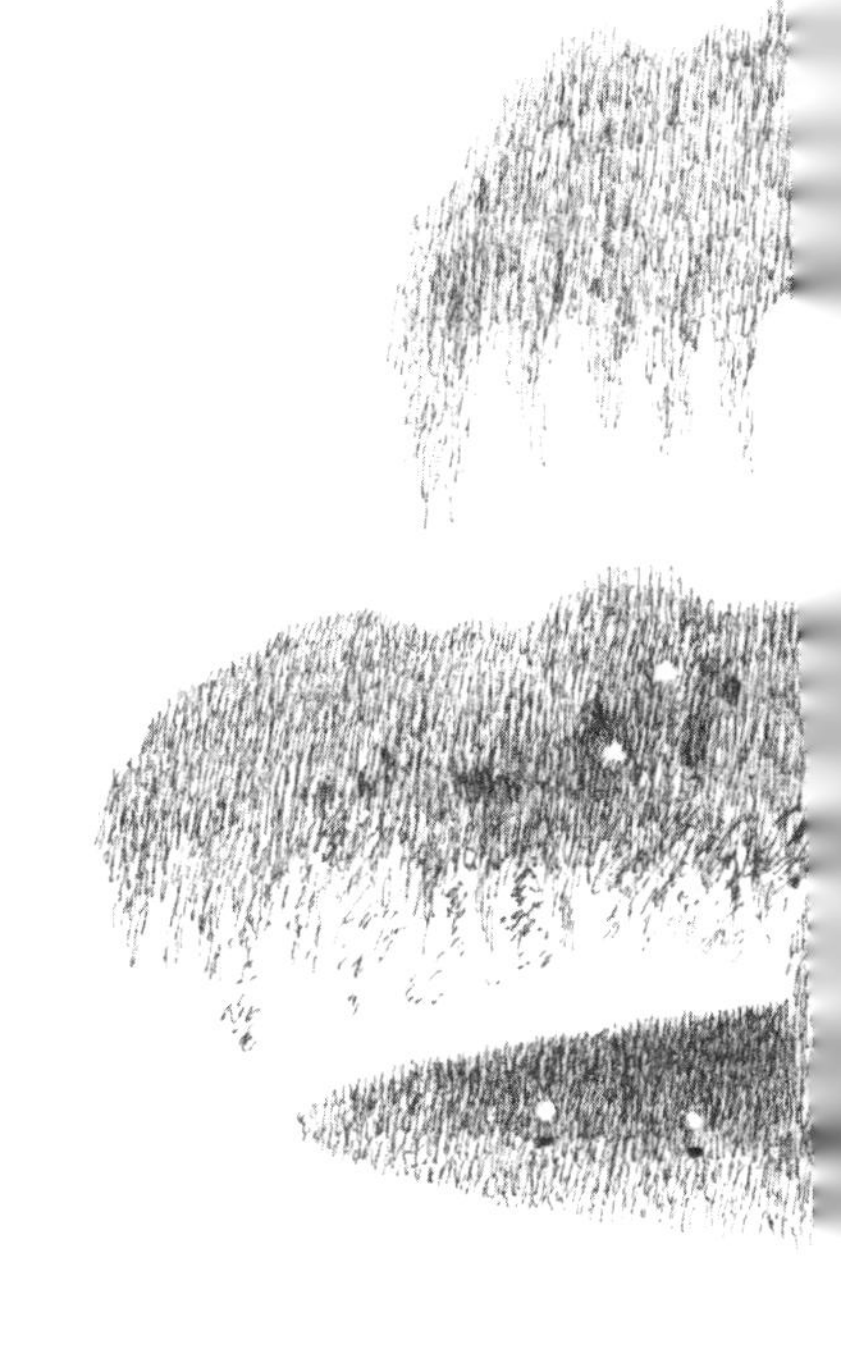

に、蟬の鳴き声も戻ってくるように耳に届くのだ。

日中にどんなに夏空が広がっていても、陽が傾きかけた頃、急に黒い雨雲がやってきて、雷が鳴り始める頃にはスーッと涼しい風が吹き、蟬の声もピタリと止まる。来るぞ、来るぞと思うや否や、ザーッと遠くが白く霞むほどの夕立が降る。まるでアジアのスコールみたいに、それが決まりごとかのような日が増えている。そのうち雲の合間から太陽が顔をのぞかせ、光が降り注ぎ始めているというのに、雨はまだ降り続けていることもある。集中豪雨の被害を考えると悠長ではいられないのだけれど、雨が陽に照らされてキラキラと輝く光の粒のようで、その美しさにハッとする。その雨が上がったかと思えば、空には大きな虹が架かり、蟬の鳴き声が再び聞こえ始める。もうその頃にはヒグラシの鳴き声だろうか。夕餉の食卓に並ぶのは、ピカピカと鮮やかな夏野菜や季節の桃。急き立てられるように毎日食すそれらは、真夏の太陽をたっぷり浴びた季節の恵み。わっしわっしと食べながら、体の中には光が満ちていく。こうして我が家の夏の一日は、大した事件も出来事も起きずにたんたんとしたものだけれど、自然の風景だけが賑やかに忙しなく、ドラマティックに過ぎていく。

八月もお盆を過ぎる頃にはヒグラシの声に混じって、リーンリーンと秋の虫の声が聞こえたりする。空の色も少しずつ変化して、入道雲に代わり筋雲や羊雲が姿を見せると、その美しさも十分に知りながら途端に寂しくなってしまう。まだ賑やかさの中に身を置いていたいと思うのは、未練がましいことなのだろうか。

処暑　八月二十三日——九月六日

送り火

お盆が近づくと、in-kyoの二軒隣りにある花屋「まるおん」さんの店先にはお供え用の花が束となってズラリと並ぶ。お寺が多い三春町。お盆以外の時期でもきれいに整えられた墓地が多く、お花がお供えされていたりする。「まるおん」さんの冷蔵ケースに通年で置かれている一、二輪の白い紫陽花。聞いたことはないのだけれど、故人のためにどなたかがいつも買い求めるからなのだろうかと勝手に想像している。そうだとしたら素敵なことだ。「白い紫陽花が大好きだった」そのことが故人の記憶として残っていたとしたら。

町に人が少ないように思っても、お盆の早朝にはお墓がお参りの人でいっぱいになると聞く。それだけお墓参りが身近で大切にされているということだ。

夫の父方のお墓は会津の柳津町にある。町に暮らす人も減り、お墓の管理や清掃も難しくなっているためか、お墓参りの際のお花やお供え物は持ち帰ることが、ここ数年の決まりごととなっているそうだ。昔はお供え用のお団子を拵えて、迎え盆のお墓でみんなで食べたのだそう。ご先祖様も一緒になってお団子を頬張るだなんて、なんとものどか。その土地ならではの風習があり、それぞれ違えどお盆はあの世とこの世をつなぐ日なのだろう。

千葉の実家のお墓は自宅から歩いて行くことのできる距離にある。子どもの頃、迎え盆の際は父が苗字と家紋が入った提灯を持ち、兄と私、従兄弟たちも集まって、大人の真似ごとのように子ども用の小さな提灯を手にしてご先祖様をお迎えにお墓へ向かった。当時、健在だった祖母の手にはお線香と半紙に包んだお賽銭。迎え盆はご先祖様をお待たせしないようになるべく夕方の早めの時間に行くものだとされていた。お墓参りを済ませたら、いよいよ提灯の出番。火を灯し、ご先祖様を自宅へとご案内するのだ。家へ戻ると母が用意した水を張った洗面器が玄関に置いてあった。それはあの世から草履で長旅をしてきたご先祖様が足を洗うためのもの。その理由を知るまでは、「気持ちいい〜」などと言いながら、そこでお墓の砂埃や汗で汚れた自分の手足を洗っていた。ご先祖様も呆れて、きっと苦笑いされていたことだろう。お盆の中日の早朝には、ナスときゅうりを賽の目に刻んで研いだお米を混ぜたものを重箱に詰め、新しいお供えのお花を持ってお墓へ。重箱に詰めたお供えものは、幼い頃から当たり前に目にしていた習慣だったので、その理由も気にしていなかったけれど、調べてみると「水の子」と呼ばれるもので、餓鬼道に落ちた無縁仏へのお供え物とのこと。ご先祖様がお留守のお墓にお供えするのはすべての霊に対するおもてなし。そうしたやさしさによる理由を知ると、今頃になって合点がいった。そして送り盆。ご先祖様との別れを惜しむように行きとは逆にゆっくりと、陽がとっぷりと沈んでから仏壇に灯したろうそくを提灯に移し、お墓へと向かう。帰りは提灯のろうそくはお墓に置かれ、お墓を灯すあかりとなる。風が強くなければお墓のあちこちでその小さな炎が灯っていた。幼い頃も今も怖がりのくせに、不思議とお墓参りに怖さを感じることもなく、お線香の香りもこのお盆の風習も嫌いではなかった。むしろお墓参りをするとホッとするようなところがあった。

今年も千葉のお墓参りに行くことはできず、三春町の盆踊りも中止になってしまった。太鼓や笛の音、繰り返す踊りの輪はあの世とこの世をつなぐ場所。そのひとときがない夏の町はなんだかシンと静かで寂しい。私も何かやり残しているものがあるような、すっきりしない気持ちを抱えたままになっていた。そんなことを思っていた矢先の送り盆の夜。「ヒュ〜ン、ドーン！」と花火の音。「ん？」水(スイ)と木(モク)も背筋をピンと伸ばし耳を立て、目をまん丸にして驚いている様子。庭に出てみると、ズシンズシンと響く音とともにお城山の方角の夜空に、次々と大輪の花を咲かせている。花火大会のように歓声が上がるのでもなく町は静まり返っている。咲いては閉じ、咲いては閉じを繰り返す赤や緑、青に黄色のその花たちを、庭先に立ってただただ無心に見上げていた。送り火。そうこれは踊りの輪に代わって空に打ち上げられた送り火なのだ。町の粋なはからい。盆踊りもなく、お世話になった方や友人、祖母のお墓参りに行くことも叶わなかったけれど、記憶に思いを寄せることで土地も距離も飛び越えて、花火があの世に思いを届けてくれると願いたい。矢継ぎ早に打ち上げられるクライマックスの花火が終わると、秋の虫の声だけが庭に響くいつもの夜の静けさが戻ってきた。まさに真夏の夜の夢のよう。

そういえば三春町のお盆の風習はどんなものなのだろう？　今度、ご近所さんに聞いてみよう。

117.

「処暑」

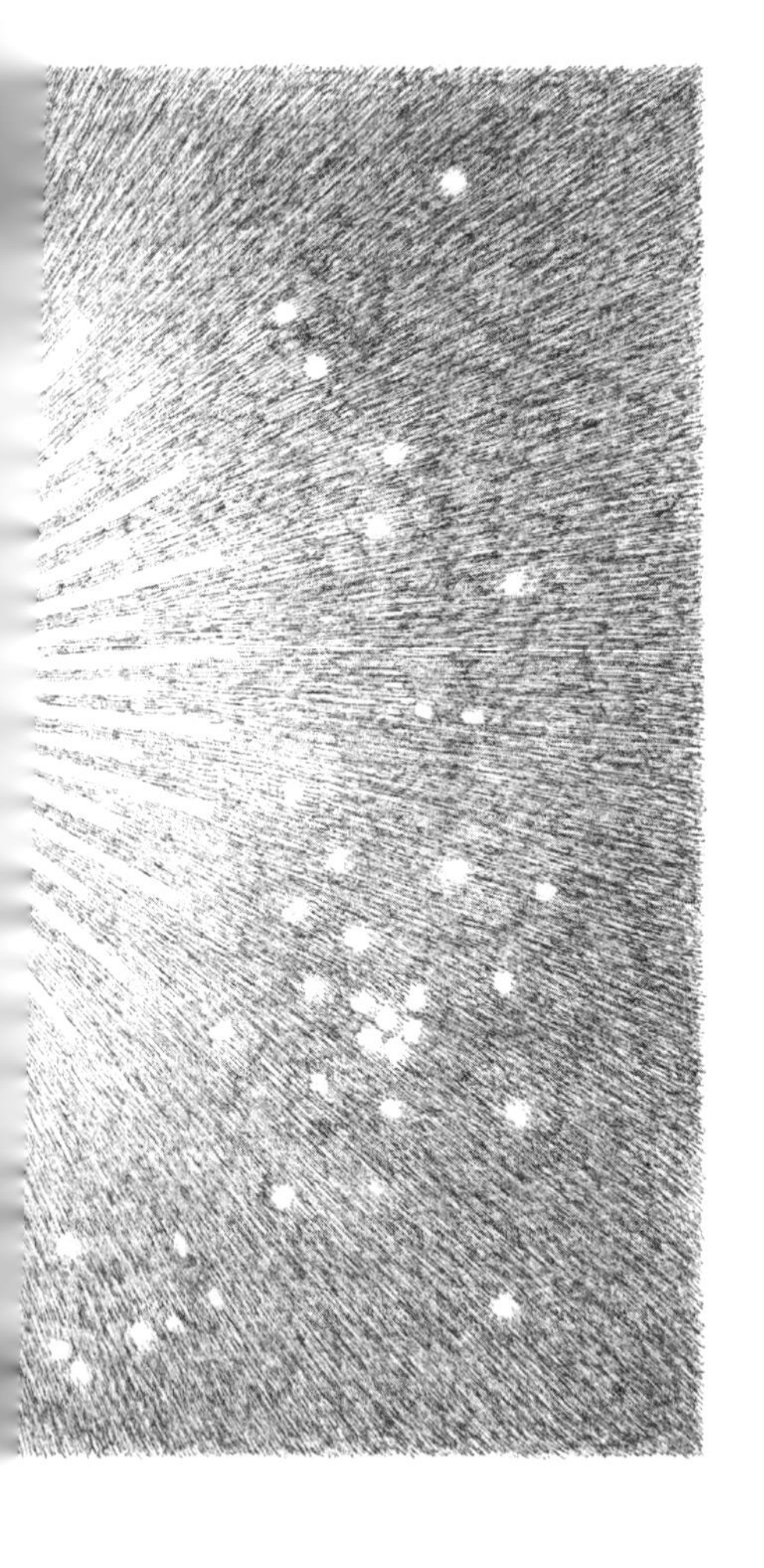

118.

続・三春タイムズ

「処暑」

白露　九月七日――九月二十二日

井戸

自宅の敷地内には古い井戸がある。この辺りの水はその昔、三春城下の名水のひとつに数えられていたそうで、今もその名残の石碑はあるものの、飲用としては使えなくなっている。現在は水道水へと切り替えられているが、ご近所の方に伺うと、数十年前までは、一帯は井戸水を使っているご家庭がほとんどだったようだ。

我が家の井戸は、ポンプが壊れて使われなくなったまま、おそらく何十年も経ってしまったのだろう。井戸を覗きこむと、底の方にはまだ少し水が溜まっているので、枯れ井戸ではないと夫は言う。ポンプさえ取り替えればどうやら井戸水が使えるらしい。夏場の畑や草花の水やり、庭仕事の道具や長靴を洗うのにも重宝するだろう。野菜を収穫したらそこでザッと洗って、きゅうりやトマトを冷やしたり。そんな風に私は想像を膨らませて嬉々とした。井戸水が使えることをハナからあてにしていたので、自宅の改装の際も外水道を引くことはしなかったのだ。

千葉の実家にも井戸があった。私が生まれた頃にはもうすでに井戸はある程度の深さまで埋めてしまって、金魚が泳ぐ大きな水槽になっていたけれど。それでも小学校低学年頃までは、蛇口をひねれば夏でも冷たい井戸水を家庭用水として引いていた。夏の暑い日には外水道にホースをつなぎ、庭に水撒きをするついでに兄とふざけて全身びしょ濡れになって水遊び。お風呂場に置いた大きなたらいに、ぷかりと浮かぶ大きなスイカがちょろちょろと水を流しながら冷やされているのを見つけると、大はしゃぎしたものだ。井戸水の水質云々はどうだったのかは今となってはわからない。子どもの頃はそんなことなど意識したことすらない。実家ではお茶もお味噌汁も氷もお風呂の水も皆、その井戸水を使っていて、いい思い出の作用かもしれないけれど、どれもやさしかったように思う。

この家での暮らしも二年ほどになるが、井戸は未だにそのままだ。ポンプを新調することよりも、他にも手をかけなければならないことや、日常の雑事に追われている。そうして忙しさにかまけて言い訳をしているうちに月日があっという間に過ぎてしまった。さほど困っていないといえばそうなのだけれど、それでも毎日視界には入っているので、ふとした拍子に「あぁそういえば」となるわけだ。

井戸を使えるようにすることは着手できずにいるけれど、これだけは早めにしなければと暮らし始めてすぐに急いだのが、この井戸のために置かれた小さな祠のお祓いだった。祠は石ではなく焼き物でできていて、おそらくこの辺りで作られていた丈六焼き(じょうろく)と呼ばれるものだろう。お札も何も入ってはいないけれど、ポンプと違って何もしないままで放置しておくのはなんとも気が引ける。さてどうしたら良いものかとご相談したのが、ご縁あって知り合った、お隣り郡山市西田町にある鹿島大神宮の渡辺雅子さん。早速、祠を見て頂き、お祓いをすべく神上式(かみあげしき)という儀式を執り行う運びとなった。私と夫は渡辺さんの指示の通りに果物や野菜、お頭付きの鯛などのお供えものを用意していざ当日。庭の一角にお膳を置き、お供え物を左右対称に並べ、簡易的なものではあるが儀式の場を設え(しつら)た。

　神主の装束に身を包んだ渡辺さん。それだけでも場がピーンと清められる。私たちは神妙な面持ちで頭を垂れ、神上式の儀式の一員としてそこにいるのだけれど、何せ初めてのことなのでどこか宙に浮いているような、物語の中に迷い込んでしまったような、フワフワとした感覚に包まれていた。神上式とはこれまで祠にいらして見守り続けて下さった神様に感謝をして、天へとお帰りになっていただくもの。全くわからないなりにも祝詞(のりと)を聞いていると、

丈六焼きの
小さな祠と井戸

神様が天へと向かう道標べとなるように唱えられているのだと思えてくる。最後の礼が終わり、なんとはなしに空を見上げると、サーッと静かな天気雨が辺りを湿らせた。ほんの一瞬の出来事。何事もなかったかのように雨はすぐに上がり、再び陽が差した。あの天気雨は井戸を守っていた神様だろうか。それはまるで龍が天に昇っていくような様子を思わせ、私たちはただただポカンと空を見上げていた。今思い出しても不思議な体験だったのだけれど、でも理屈でもなんでもなく、なぜか妙に納得している自分がいる。私たちが新たに祠に神様をお迎えする際は、また改めて清祓いをすることになる。その時も清めのひと雨は降るかしら。

たとえかたちがなく目に見えないものだとしても、信じられるような、信じたいと思えるようなものがある。それは信仰めいたものではないなどと言ったらバチが当たりそうだけれど。でもたとえばその土地にまつわる昔からの言い伝えとか、何かしら信じられるものがあった方が、たぶんハッピーなんじゃないだろうかなどと思っている。

家の敷地についてきた、荒れ放題で手つかずの藪林。庭仕事で手一杯で、なかなかそちらの整備まで行き届かずにいるけれど、どうやらそこにも祠がふたつもあると聞いて、気がかりで仕方がない。ポンプの取り替えはもう少し先になりそうだ。

秋分　九月二十三日――十月七日

ニラの花

お隣りのお宅の庭にニラの花が咲き始めた。白くて可憐な花。朝、出がけに見かけて、そのかわいらしさにホッと和まされたのも束の間、草刈りをされたのだろうか。翌朝にはきれいさっぱり姿を消し、草刈り後の草の匂いに混じって香るかすかなニラの匂いだけが、ニラがそこにいたことを感じさせてくれるのだった。なんだかそのこと自体が短い秋を象徴するかのような出来事だった。

祖母が生前、まだ元気で自宅の庭の片隅で畑をやっていた頃、そこに自生していたのか植えたのかは今となってはわからないけれど、ニラが育っていた。白くて小さな花の姿に惹かれ、幼い私は摘んではみるものの、あのニラ特有の匂いに「うわっ」と叫んでしかめっ面になり、せっかく摘んだ花をポイッと簡単に手放すのだった。そんなことを何度繰り返していたことだろう。

私が幼い頃は家業が忙しく、母がなかなか夕飯の支度に取りかかれない時は、祖母がお味噌汁や簡単な一品を作ることがあった。今だったらそれらの料理も喜んで食べていたのだろうけれど、兄も私も幼い頃は祖母が作る料理が少し苦手だった。野菜の煮物や魚の煮付け、酢の物や和え物など。お味噌汁のことは実家では「おみおつけ」とよんでいたのだが、具が一緒だとしても母と祖母とでは何かが違っていた。それでいて白い割烹着を着た祖母の姿は好きだった。味付けは苦手だなぁと思っていても、祖母が台所に立つと、「おばあちゃん、何作ってるの？」と祖母にまとわりついていた。

あるとき、祖母が夕飯の支度を始めていたので、いつものように質問をしてみると、「野菜のスープ」という答えが返ってきた。祖母の口から出た思いもよらない「スープ」という魅惑の洋風の単語。兄も私もスープといえばトウモロコシやジャガイモ、かぼちゃを使ったポタージュスープか、はたまたコンソメや野菜たっぷりのミネストローネか、自分たちが知っているスープのイメージを頭の中に総動員させて期待した。

「スープ！　スープ！」

小躍りするようにはしゃいでみても何かが違う。想像している香りではなく、台所に立ちこめるのはどこかで嗅いだことのあるあの香り。

「ん？　これはもしかしてニラの匂い？？？」

満足そうに出来上がった鍋の蓋を開ける祖母。そこには刻んだニラとお豆腐が入ったおみおつけが湯気を立てているのだった。

子どもにしたら「え――――っ!?」である。ニラの花の匂いを嗅いだときのようなしかめっ面をしたであろう兄妹。そんな二人に向かって祖母は「おみおつけは畑のスープだよ」と言ってアハハと笑った。思えばよく笑う人だった。その後も祖母は孫のしかめっ面などにへこたれることなく、何度となくニラで畑のスープを作ったが、子どもには味のハードルは高いままだった。そんな記憶があるからか、しばらくニラを具にしたお味噌汁を自分で作ることはなかった。ニラは随分と大人になってから、とあるレシピをきっかけに、その美味しさに開眼した。具はニラだけの畑のスープ。やはりこの香りと味わいは、大人になってからでないとわかるものではないのだろう。

ニラはスーパーなどでは年中見かける食材で、旬はいつ頃かといえば葉が柔らかな春なのだろうが、春に一度収穫しても年に数度、夏から秋にかけて収穫することができる。あの可憐な花を咲かせる蕾の頃に収穫すれば、蕾と茎を花ニラとして食べることもできるようだ。

お隣りの庭になくなってしまって寂しいなぁと思っていると、散歩の途中、家の近くにある空家の庭で、ニラ畑かと思うほど、一面にニラの花が群生しているのを見つけた。小春日和という言葉を使うには、季節はまだ少し早いけれど、乾いた風や空の色に秋の気配を感じながらもポカポカとした陽だまりの中のニラの花畑は、春を思わせるうららかな景色だ。指先でそっと葉をつまむだけであの香りがふわっと立つ。匂いと共に、頭の中ではニラを使った料理がいくつか浮かぶ。そのうちのひとつはニラのおみおつけ。レシピの通り、だし汁にたっぷりのニラを細かく刻んでまだ青いうちにお椀によそう。食べる直前に粉山椒をパラリと振って。祖母の「畑のスープ」という言葉が頭をかすめるが、それよりは洗練された大人の味わいだ。あれからずいぶんと年月が経つ。ニラの香りは、しかめっ面からいつの間にか頬をゆるませてくれるものになっている。

133.

「秋分」

寒露　十月八日――十月二十二日

新米

カラリと乾いた風が心地良い秋晴れの日が続いている。日中は汗ばむような陽気でも、金木犀(きんもくせい)のむせ返るような甘い香りはいつの間にか薄らいで、朝晩のひんやりとする空気が秋の深まりを教えてくれる。そして木々の葉は、まるで間違い探しで私を試すかのように、日毎に少しずつ色づいて見せるのだ。

田んぼの稲穂は見事なまでの黄金色。緑の頃ももちろん美しいけれど、真夏のあの暑さや長雨、台風をも潜り抜け、何事もなかったかのようにしなやかに風に揺られて輝く姿には、やはり心打たれるほどの美しさがある。

in-kyoにはこの辺りの田んぼよりもひと足早く収穫された、茨城県つくば市でお米農家を営む友人、山﨑さん一家が丹精こめて育てた「ひなたの粒」の新米が届いた。近くで田んぼの風景を見かけると、頭の中ではいつも山﨑さんの田んぼがその向こうに広がる。その他にも日本のあちこちでお米を育てている友人、知人の顔が浮かぶ。あの長雨の影響は大丈夫だったろうか、台風が来る前に稲刈りは終えただろうか。そんなことを思ったところで遠く離れた場所では手伝いも何もできないことがもどかしい。だからなおさら心待ちにしていた新米が無事手元に届く喜びはなんとも言い難い。まさに手を合わせて「いただきます」と口にするのと同じ心境。販売用のお米をお店に並べながら、手にして下さる方とこの喜びを早く分かち合いたいと心が弾む。棚に並んだ小さな米袋たちの姿もなんだかピンと誇らし気だ。

さて。そうして新米が届いたことを喜んでいるうちに、頭の中は届きたての新米に合わせる我が家の晩のおかずのことでいっぱいになっていく。やはり季節柄、秋刀魚だろうか、それとも夫が喜びそうな生姜焼きにしようか。他にも色々メニューの候補は挙がったが、結局最初にパッと浮かんだこの二択に絞られる。あとはスーパーの売り場を見て決めよう。

店じまいをしてから買い物袋を手に向かいにあるベニマルの、まずは鮮魚売り場へ直行する。すると私を待っていたかのように、ピカピカの秋刀魚がいてピタリと目が合い、その日の晩のおかずが迷わず決まった。そんな私の意気込み？　張り切り？　が伝わったのか、秋刀魚を炭火で焼こうと夫が庭に出た。秋刀魚の焼き上がりとお米の炊き上がりの時間を考えて、お味噌汁やら秋刀魚に添える大根おろしやら副菜やらをそそくさと準備する。「せーの！」で食卓に並んだ秋のごちそうはどれもピカピカと輝いて、まさにあの黄金色の田んぼのようだ。

何はともあれ艶々のご飯から。おかずをあれこれ考えたけれど、ご飯だけで十分なくらい箸がすすむ。その年ならではの風味は、同じ気候の中で過ごす私たちだからこそ、なおさらしっくりと味わうことができるのでしょう。

炭火で焼いた秋刀魚の皮はパリッと、身はふんわりとしてもちろん美味しかったけれど、この日の主役はあくまでもご飯。

気づくと新米が届く頃には、その年の梅干が出来上がり、庭で育ったシソの実を塩漬けにしたり、梅干づくりの副産物の梅酢で漬けたり。冬に仕込んだお味噌はちょうど味噌開きの時期を迎える頃。途中、何度か味噌桶の蓋を開けて様子はうかがっていたものの、やはり季節を待って、いざ味見をするまでは落ち着かない。中蓋代わりに敷き詰めた白い酒粕は、「たまり」を含んですっかりお味噌の色へと染まっている。その酒粕はきれいに取り出して、鍋料理の味付けや、肉や魚を漬けるのに使うなどして重宝する。肝心の出来立てのお味噌も良い香りで、今年のお味噌汁の出来栄えにホッとする。秋刀魚だ、生姜焼きだと思っていたけれど、ここにぬか漬けか三五八(さごはち)漬けがあればもう十分。

ピカピカの新米のまわりには、地味ながらもその年ならではの我が家の味が揃い、いつの間にか野の草花のように花を添えている。

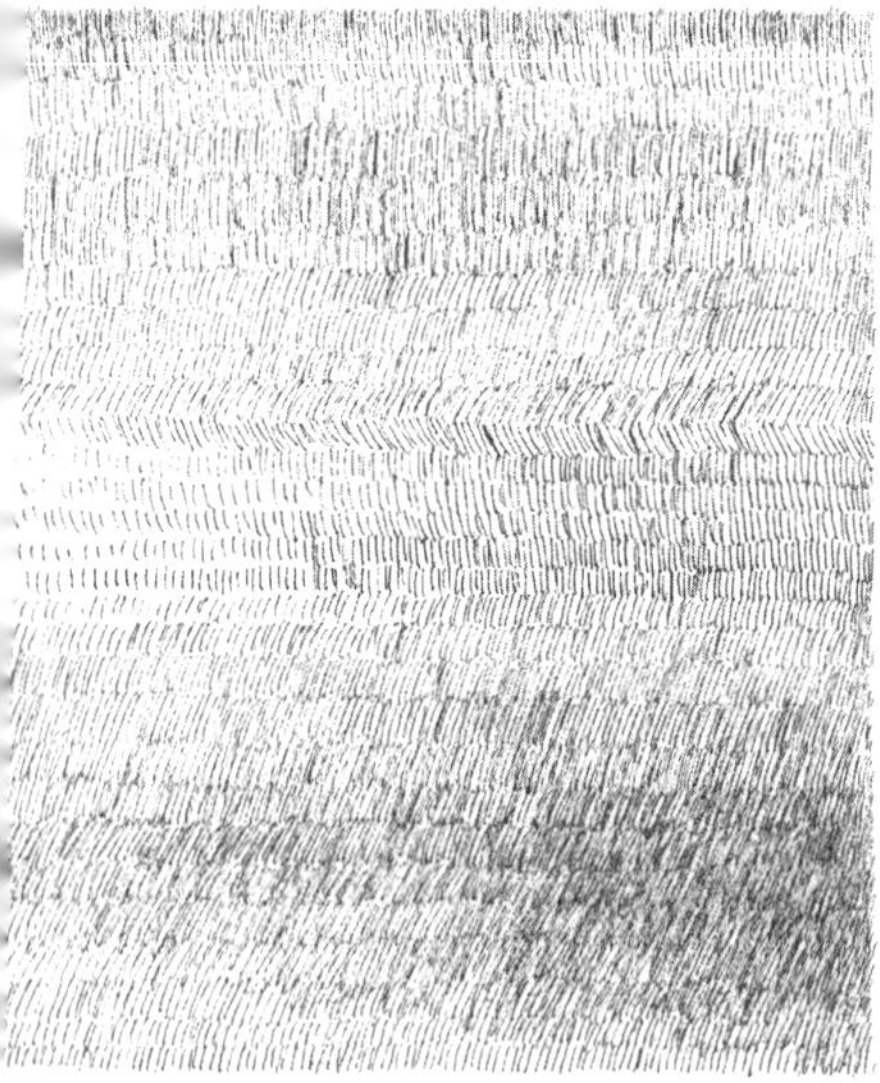

139.

「寒露」

霜降　十月二十三日——十一月六日

バス待ちの人

「あぁお腹が空いた」と、時計を見るともうすぐお昼。私の腹時計はだいたい正確にできている。切りのいいところで仕事の手を止め、お湯を沸かし、お弁当を広げる準備をする。in-kyoの大きなウィンドウの向こうに目をやると、十二時台のバスを待つ人たちが停留所前のベンチに座っている姿が見える。この時間帯は行き先の違う町営のバスが二台続く。スーパーでのお買い物の帰りだろうか、それともこれから病院へでも行くのだろうか。

　バスを利用する人はご年配の方が多く、待つ人どうしでおしゃべりをしているその様子がなんとも平和で微笑ましい。

日によって人数や服装も違い、そのことからも店内からは、天候や季節といった外の様子を感じることができる。寒さが厳しい冬の日には、皆さんモコモコに洋服を着込んで、ニット帽をかぶり、おばあちゃんたちの首には手編みだろうか、マフラーやショールが巻かれ、お揃いのようにも見える服装が可愛らしくてたまらない。

「PM12：07のバス待ち人」そんなタイトルを勝手に付けて、こちら側では定点観測のようにその様子をひとりで楽しんでいた。今では花壇に植えたユーカリの木が大きく育ち、ウィンドウの視界を遮っているので、意識しないとバス待ち人の様子は見えなくなってしまった。お店を始めたばかりの頃は、ユーカリの木はまだ小さな苗木で、店内のカウンター内に座るとちょうどベンチが見える位置。バスが到着するまでのバス待ち人たちの様子を一部始終、映画かドラマのように眺めることができたのだ。

中町

マル

三春で暮らし始めて五年を過ぎたというのに、とうとう私は車の運転をせずにペーパードライバーのままで過ごしてしまった。この先、必要に迫られて車の運転をすることがあるかもしれないけれど、ここまでくるとその可能性は低いようにも感じている。不便といえば不便だが、自宅と仕事場は歩いて行けるし、運動不足にはちょうどいい距離。何より時間さえ合えば町営バスで家に帰ることだってできる。バス待ち人などと他人事のように名付けているけれど、私もれっきとしたその一人なのだ。

実家がある千葉や、暮らしていた東京でも、これまでバスを利用する生活には馴染みがなかった。だから三春で暮らし始めてすぐには土地勘もなく、バス停の名前も知らなかったのでバスに乗ること自体少々緊張した。はじめてひとりでバスに乗る子どものような心境。まずは町営バスのコース、乗車と下車をするバス停を時刻表で念入りに調べることにした。お陰で町の地名と位置関係を、ざっくりながらも把握することができたのはありがたかった。乗車金額の二百円を握りしめ、バスを待つ際は行き先が間違っていないか、乗車してからはバス停を乗り過ごしてしまわないか、バスからの眺めを楽しむほどの余裕はなく、ソワソワと落ち着かなかった。そんなことも今は昔。数度乗ってしまえばすぐ慣れてしまって、バスのひとときを楽しめるようにもなってきた。

町営バスは小型ながら、我が家の車に比べて視線が少し高いというだけで見慣れた景色が少し違って見えてくる。しかも最短ルートを選んで走るのではなく、あくまでもバス停に沿った道というのが新鮮だ。たまにしか乗らないものだから、たった数分でも、ちょっとした旅行のようにはしゃいだ気分になっている自分がいる。

子どもの頃は車や電車の揺れが苦手ですぐに乗り物酔いをしていたこともあり、小学校の校外学習などのバス旅行は心底嫌いだった。今では嘘のように平気になっているというのに、あの頃は行き先がどんなに魅力的でも、バスでの移動のことを考えるだけで気持ちが重くて仕方がなかったのだ。

三春町営バスは行き先や時間帯別にいくつかのコースがあり、いつか暇をつくってバスで町を一周したいと思っている。さらに欲をいえば、季節ごとに乗ることができたら景色の移ろいも感じることができて楽しそう。普段はなかなか通らない道や場所、知らないことや発見があるに違いない。行き先へ向かうための手段というのももちろんあるけれど、バスに乗ること自体をこんなに楽しめるようになっているなんて、子どもの頃の私が知ったらさぞかし驚くことでしょう。

私が乗車する時間帯は、人が少なくて貸切のようになることもよくある。なんだか申し訳ないような、贅沢なような。ドライバーさんとも顔見知りになって、少し照れくさいような気持ちもそこに混じる。ドライバーさんによってはバス停よりも少し手前の、自宅の近くで降ろして下さる。フリー乗車区域もあるから頼めば誰にでもそうしてくれるようだけれど、「悪いかな」と思って私は何も伝えていなかったというのに。バス停から歩く姿を見られていたのか、あたりまえのことのようにしてくれるやさしさが嬉しい。自分で車を運転していたら、こんなやり取りを味わうこともなかっただろうと思うと、ペーパードライバーも捨てたもんじゃないななんて思ったりして。

雪がしんしんと降るような日は、バス待ち人が身につけるそれぞれのニットの色が、冷たく静かな白とグレーの世界に、あたたかな色のクレヨンでグリグリと点を描いたようによく映える。そんな景色はまだまだ先などと思っていても、きっとすぐにやって来るのだろう。

昭和歌謡

立冬　十一月七日――十一月二十一日

朝の開店準備は、まずは入口のドアを開け放ち、箒で店内の掃き掃除を始める。ヒヤッとするような冷たい空気は、身が引き締まるようで気持ちいいなどと言っていられるのも今のうち。掃除をする間、ほんの数十分ですらドアを開けたままにするのを躊躇するような寒さは、もういつやって来てもおかしくはない。今年は寒さが厳しくなるのだろうか、それとも暖冬か。雪はどうだろうと冬の天気予報をこれほど気にするのは、三春で暮らすようになってからかもしれない。

祖母が健在だった頃は、雨が降ろうが寒さが厳しい冬の日だろうが、朝はまず窓を開けて空気を入れ替えるようにしながら箒でリビングの掃き掃除をしていた。

「おばあちゃん、寒いのに何で窓を開けるの？」などと子どもの頃は文句をよく言っていたっけ。祖母にはあれこれと躾けられたわけではないけれど、あの習慣がいつの間にか身についている。寒いのは重々承知でそうしているのは、真新しい空気を店内にスーッと送り込むことで、なんとなく清々しい一日を始められるような気がしているからだ。

ドアを開けていると表の通りからは有線放送の音楽が聞こえてくる。それはインストゥルメンタルやジャズ、クラシックなどではなく、主に演歌や昭和歌謡。口ずさめる曲がいくつかある。いや、いくつもある。懐かしいメロディを聞いていると、知らぬ間に曲にのって箒を動かすテンポが合っていく。

森進一の「冬のリヴィエラ」、和田アキ子の「あの鐘を鳴らすのはあなた」。他にも山口百恵や岩崎宏美、ザ・ピーナッツに河島英五……。特にファンだ

151.

ったわけでもないというのに、小学生の頃に聞いていた曲は、今でも歌詞まで覚えているのだから自分でもびっくりしてしまう。苦手だなと思っていた演歌ですら、鼻歌交じりで口ずさんでいるのだ。

演歌が苦手だと思ってしまったのは、父の晩酌の時間が原因だ。私がまだ子どものときは、たいてい夕飯は兄と祖母の三人で食卓を囲み、私たちが食べ終わる頃に仕事上がりの父の晩酌が始まるという具合だった。私がグズグズと食べ続けていると、お酒で機嫌が良くなった父が、歌を唄い始めることがあった。それは民謡の日もあれば演歌の日もあって、決して上手くはないその歌を、大きな声で歌っている父のことが、子どもながらに恥ずかしくてちょっと嫌だった。母は笑ってやり過ごしていたけれど、私は笑えるような心境にはどうにもなれず、早々にリビングへ退散するか、しかめっ面をしながら仕方なく父の歌を聞いていた。今でも特に耳に残っているのは、いくつかの民謡と千昌夫の「星影のワルツ」だ。どれも歌詞の意味などわからないというのに、何度も聞かされたそれらの歌は、好き嫌いに関わらず、子どもの耳にスルスルと染み込んでいたようだ。

ある朝、いつものように掃除をしていると、「星影のワルツ」が表の通りから不意打ちのように聞こえてきた。何年も耳にすることもなかったその歌によって、香りを嗅いで記憶の蓋が開くように、幼い頃の食卓の景色が思い起こされた。お酒が飲めない母が父だけに作る酒の肴や、むせるような熱燗の匂い、テレビを見て笑う家族の声。

空を見上げれば星が瞬いているようで、朝からどこか切ない気分に包まれる。曲ひとつでこんなにも鮮明に細々したことを思い出せるというのに、肝心の父の記憶は今、おぼろげなものとなってしまった。でもどうにもできないことなのだと自分に言い聞かせながらせっせと箒を動かし、曲に合わせてフルコーラスを口ずさむ。すると、沈んだ気持ちは埃を掃き出すように次第に消えてなだらかになっていく。いつからだろう。寒くなると熱燗を嗜むようになった頃からだろうか。演歌への苦手意識も今では不思議となくなっている。

小雪　十一月二十二日――十二月六日

ゆべし

東京でお店を構えていた頃から今も、なぜか食べ物をよくいただく。それは甘いお菓子やパンのこともあれば、お惣菜ということも。祖母譲りの食いしん坊が顔にでも書いてあるのだろうか？

三春では季節の野菜や果物が多く、しっとりとした畑の土をつけた採れたてのものをいただくこともある。我が家だけでは食べきれないほどたくさんいただいたときには、ご近所さんや友人へ分けるなどして、採れたての恵みを一緒に分かち合う。この土地で初めて出会ったサツマイモの茎は、簡単に調理できるようにと下茹でまでした状態でいただいた。その細やかな気配りがまさにごちそうだ。シャキシャキの食感がふきに似ているけれど、苦味がないのできんぴらや炊き合わせなどにも使いやすい季節のもの。ずんぐりむっくりの紅くるりは、外側も中味も鮮やかな紅色をした大根。パリパリの歯ごたえを残した甘酢漬けは、サラダやお弁当にもハッとするような色を添えてくれる。寒くなってくるとあちこちからいただく青首大根や白菜は、お漬物にしたり、蒸したり焼いたり、干したり。あれこれ工夫して、季節の恵みを最後までしっかり味わい尽くす方法は、この土地で教わりながら学んだこと。親しくなった方からのいただきものは手作りの一品ということも。我が家の食卓に加わるそうしたひと皿の美味しさは、お店では買えない家庭の味。知らない扉がまたひとつ開いていくような楽しさがあるのだ。

三春で暮らし始めて間もない頃に、たくさんの柚子の実と一緒にいただいた手作りの「ゆべし」もそのひとつ。この辺りでゆべしといえば、「かんのや」で作られているお菓子のゆべしを思い浮かべる人が多いと思うが、いただいたものは、保存食でもある珍味のゆべし。こちらはくり抜いた柚子の中にクルミや松の実、ゴマなどを混ぜた味噌を詰め、蒸した後に和紙で包んで寒空の下で乾燥させたもの。発祥の地は定かではないが、源平の時代に生まれたといわれる保存食。薄くスライスしてお酒のアテにしたり、お茶漬け、またはお茶のお供として味わう。ねっちりとした食感。味噌の塩気に柚子の香り、そこに木の実やゴマの香ばしさが相まって、なんともいえない旨味がある。「ゆべし」という名前は共通ながら全国各地で味も形も違うまま、今に伝わっていることが興味深い。下さった方も、以前にいただき物で食べたゆべしが美味しかったから、ご自分で作り方を調べて作ってみたとのこと。

「ちえさんなら作るかなぁと思って、柚子も持って来てみたの」

そう言われたら私もつい作ってみようかという気になってしまうのだから調子がいい。

「たくさんもらったから食べるの手伝って」

この一言にも弱い。ついつい「ならばぜひ！」なんて自然と思わせてくれる、やさしさがあふれる言葉だ。

ゆべし作りはそんなことがきっかけで、今では冬しごとのひとつに組み込まれるようになった。お味噌もそのために多く仕込むようになり、たくさんできた年には友人たちへ「ふるさと便」のごとくお福わけとして送っている。

干し柿が出来上がってそろそろ引き揚げようかという頃、それに代わるようにてるてる坊主をさかさまにしたようなゆべしが、冬の間の軒下にぶら下がる。凍み大根ではないけれど、雪が降るくらいの寒さを越した方が、不思議と出来が良いような気がしている。

ここ数年いただいている柚子の実は、高齢になるご夫妻が収穫している農薬を使っていないもの。柚子の枝にはトゲもあるし、大木のようで、梯子を使うのは高齢の方には危険な作業。「今年で最後かもしれない」と、毎年いただく度に伺いながら数年経っていた。それが昨年の収穫が本当に最後になってしまった。お会いしたことはないけれど、おじいさんとおばあさんからの柚子は、買えない味と同じように私にとってはいつの間にか特別なものに

日本酒のおつまみにも

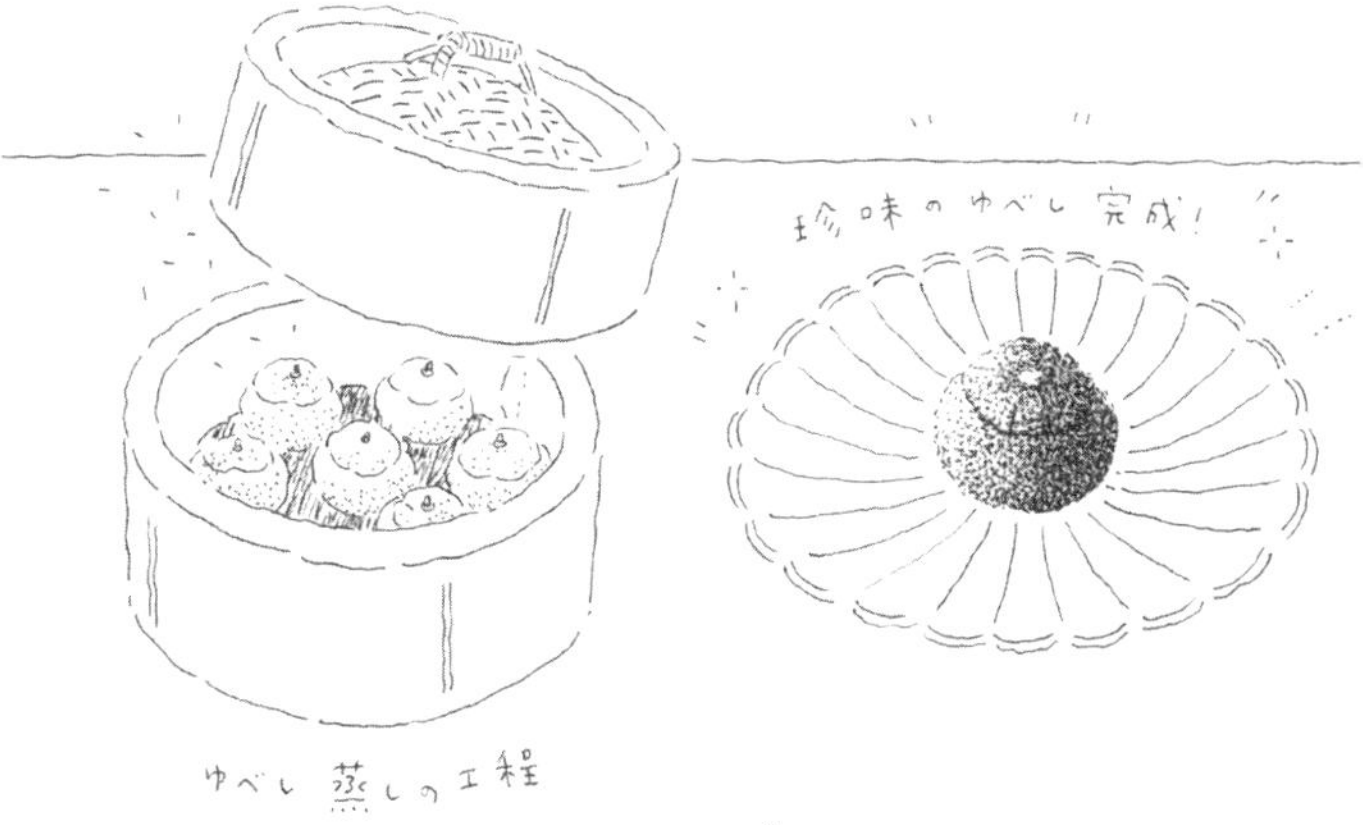

珍味のゆべし完成！

ゆべし蒸しの工程

柚子のお福わけ

なっていたのだ。

　それでも作業の手は、柚子の匂いがふわりと香りはじめると、しごとをしたいと疼き出す。はてさてどうしたものか、産直売り場にでも買いに行こうかと考えあぐねていたら、ご近所の方に柚子の実をいただいた。ゆべしにするには可愛らしく小さな実だけれど、芳しい香りを放つ黄色の実は、福をわけてくれるように気持ちをホッと和ませてくれるのだった。

161.

大雪　十二月七日――十二月二十一日

ストーブ

陽が暮れるのが日に日に早くなっている。午後を過ぎてin-kyoの白い壁に、冬のやわらかな光が届いたと思ったのも束の間、スッとその姿を消してしまう。まるでその日の最後のあいさつを済ませて、そそくさと帰ってしまうみたいだ。こちらはあいさつを返せぬまま、ポツンと置いてきぼりにされたような気分で意味もなく寂しくなる。

夕暮れの余韻は短く、まさにつるべ落とし。夕方も五時を過ぎれば辺りは真っ暗になり、急ぐ用事があるわけでもないというのに、暗くなってしまったし、寒いしというだけで、なぜか早く家に帰らなければと気が焦る。急ぎ足で吐く息が白い。家の中はというと、改修の甲斐あってほんのりあたたかいが、それでもまずは薪ストーブに火を点けなければとやや身構える。夫がいれば火を点けるのも、薪割りも夫任せなのだが、仕事で夫の帰りが遅い場合は猫の手というわけにもいかず、私が点ける他ない。なんてことはない、教わった通りに焚きつけ用の木っ端に火を点け、タイミングを見計らって薪をくべればいい。我が家の薪ストーブ自体簡単な構造で、単純極まりない作業だ。だが私がこの作業を始めると、我が家の猫スイとモクはさっきまで人の顔を見ては「ごはん〜ごはん〜」とミャーミャー鳴いていたというのに、急に黙り始めて少々不安げな様子を見せる。

「待っててね。すぐにもっとあったかくしてあげるからね」

スイとモクにそう話しかけても、モクは離れたところから様子を窺い、スイはピタリとくっついて心配そうに私の顔を見上げる。

「大丈夫なんですか？」と。

165.

「大雪」

薪に火がまわり、良い感じで火が落ち着いていくと私がホッとしているのが猫たちにも伝わるのか、しめしあわせたようにモクがストーブのまわりにやって来て、二匹がゴロンと無防備な姿で寝転がる。全くげんきんなものだ。

あたり前のことだが、炎は自然相手。こちらの思うようにはなかなかいかない。外の気温や風の強さ、薪の乾燥具合や、広葉樹と針葉樹でも燃え方が違ってくる。エアコンのようにピッとリモコンのボタンひとつで設定まで変えられたりするものでもない。

生まれ育った千葉の実家では、冬でも東北ほど寒さは厳しくなかったし、コタツやファンヒーターで十分暖かいと思っていた。東京でひとり暮らしをしていた頃は、エアコンとストーブを使っていたけれど、部屋はなかなか暖まらず、手足が冷えるといった身体の冷えを、どうしたら解消できるかを常に考えていた。ただ、たとえ薪ストーブが体を温めてくれることを知っていたとしても、マンション暮らしでは煙突が必要な生活が選択肢に入ることなど、はなからなかったのだ。

薪ストーブは夫のたっての希望だったが、無理をしない範囲で、できる限り小さなエネルギーで暮らすとしたら、自分たちならどんなことができるのか、そんな暮らしの実験をするような思いもあった。三春での暮らしでも今の家でなければ実現させるのはなかなか難しかったかもしれない。戦後まもなくに建てられた小さな平屋には煙突が立ち、薪が燃える燻製のようないい匂いがかすかな煙に乗って漂っていく。家の中で火を見ていると、アウトドア派ではないというのに、キャンプでもしているかのような気分になってくるのだ。

その昔は台所に煮炊きをする竈があり、お風呂も薪風呂。囲炉裏だってあったかもしれない。暖を取る手段が火に薪をくべるか、炭に火を起こすことしか選択肢になかった時代からしたら、今はなんと便利な時代となったことだろう。奇跡に近い。おじいさんは山へ柴刈りに、そして薪を割って「暮らす」と「生きる」の距離がグンと近く、携帯電話やパソコンもない時代。私が想像している以上に苦労も多く大変だったであろうことはわかっているつもりだが、そこには現代にはない豊かさがあったのではないだろうか。湧水を竈で沸かした白湯、天日干ししたお米もそこで炊き、畑仕事でかいた汗は薪風呂で流し、囲炉裏で暖を取る。百年足らず前にはどこの家でもしていたこと。昔の味、昔の生活。それらは見方によっては贅沢なことである。時代があまりにも早いスピードで進みすぎて、もう後戻りすることは難しい。取り戻せなくなってしまったものは大きい。今では外出先からスマートフォンで家のエアコンをつけることだってできるようになっているらしい。その進化によって心？　時間？　にゆとりは生まれているのかどうか。そうだとしたら、それは一体どんなことなのだろう？　何ができるのだろう？

体が温まり静かに燃える炎を見ていると、不思議と心が凪いで、頭の中にはとりとめもないことがつらつらと浮かんでは消えていく。この安心感は、大昔から受け継がれている本能のようなものなのかもしれない。いまだに着火にいちいちどぎまぎしながら、手こずっている自分を思うと、進化しているのか退化しているのかがわからなくなってくる。

169.

「大雪」

冬至　十二月二十二日――一月四日

モミの木

カサッ、クシュッ、カサッカサッ、クシュッ。

カラッカラに乾いた落ち葉を踏む音が耳に心地好い。親しくさせて頂いているご近所のKさんの森へ出かけた冬の日のこと。ケヤキや桜、朴木(ほおのき)などの広葉樹はどれも葉を落とし、地面には枯葉が何層にも積み重なって、歩くごとにフカフカする。その感覚も音と相まって気持ちがいい。意識とは関係のないところで身体が勝手に喜んでいるようだ。見上げれば背の高い木々の枝先が、細いペンでくっきりと線を描いたようによく見える。その背景には澄み切った青空。森の匂いや鳥の鳴き声、風の音に体をすっぽりまるごと包まれて、どこか違う時空に迷い込んだような気さえしてくる。

三年ぶりに、Kさんの森に育つ二本のモミの木に会いに行ってきた。手前に一本、そこからさらに奥へと進んでもう一本。どちらも幹が太く、大きく育ったその高さは数十メートルあるだろうか。艶々とした豊かな緑の葉に覆われて、森の中でもひときわ目立つ存在だ。

数年前、何がきっかけでその話になったのか。Kさんとのおしゃべりの中で、この二本のモミの木のことが話題にあがった。

「ウチにある二本のモミの木からね、樹液がダーッと溢れ出るように流れていて、そこに朝陽が当たってキラキラ輝いているのよ」

想像しただけでもおとぎ話のような風景が目に浮かぶ。

Kさんはお世話になっている方からある日こんなことを言われたそうなのだ。

「森にあるモミの木が助けて欲しいと言っているから、枝をはらって木の手入れをしてあげなさい」

言われた通り、Kさんのご主人が、まずは手前のモミの木の枝をはらい、陽の光が当たるようにした数日後、木の様子を見に行くと樹液が流れ出ていたのだという。そして奥にあるもう一本も同様に手を入れると、やはり同じように樹液が溢れ出たという。

そんな話を聞いては居ても立ってもいられず、その場に居合わせた友人と夫も一緒に、話を伺った翌朝に早速、そのモミの木を見せて頂くことにした。

Kさんのご自宅の裏手にある森は、一歩足を踏み入れただけでなんとも言えない清々しい空気に包まれる。それまでワイワイとはしゃいでいた私たちも、何とはなしに黙って歩き始め、一本目のモミの木を目の前にしたときには、言葉にはならないため息のような感嘆の声しか出なかった。見上げた大きなモミの木の上の方から、まさに溢れるように半透明の樹液が流れ出ていて、話の通りその樹液には朝陽が当たり、銀色に見えるほどキラキラと輝いていたのだ。

「この間の方がもっとすごかったのよ」

と、Kさん。いやいや、それでも私たちが驚くには十分だった。

「きっとこれは嬉し涙だねぇ」

「よかったねぇ」

などと、友人や夫と一緒になって、目の前にしている光景をそのまま素直に私たちは受け止めた。科学的にとかなんとか専門家の方が見たら何かしらの理由がわかるのかもしれないけれど、そんなことはどうでも良かった。

「木が喜んでいる」

何の疑いもなくそう思うことで、幸せな気持ちに十分満たされてしまったのだ。対になっている二本は、手前の木が女性のようで、奥にある木が男性のような雰囲気だなんてことも想像してみたりして。

二本のモミの木から樹液が溢れ出るようなことはあれ以来ないそうだが、三年ぶりに再会したモミの木はどちらも力強く生命力にあふれていて、それでいて穏やかさもあった。Kさんのご家族が手を入れ続けて、木も森も健や

175.

「冬至」

かに過ごしているからに違いない。

「あの姿、覚えてる？」とでも問いかけてくるように、よく見れば幹にわずかばかりの樹液が幾筋か見えた。そして足元には小さな芽がいくつもちょこんと顔をのぞかせて。

「覚えていますとも」

「良かったねぇ」

「また会いに来ますね」

私が木に向かって心の中で語りかけていると、それに応えるかのように森の奥から「ホウ、ホウ」とフクロウの鳴き声が聞こえて来た。そして雪虫が帰り道を案内するかのように、ふ～んわり、ふ～んわり舞い始めた。

不思議な夢の中のような話だけれど、なぜか三春の町にならそんなことがあってもおかしくはないと思わされる。雪虫が飛び始めたら雪の降る日もきっともうすぐそこ。そんなことも、ここでの暮らしで教わった。

177.

「冬至」

小寒　一月五日——一月十九日

箒

東京でひとり暮らしをしていた頃、今からもう十年以上前になるだろうか。掃除道具を掃除機から箒へと切り替えた。そうするための何かが特にあったわけでもない。あるといえば当時の引っ越しがきっかけだったかもしれないが、それが決定的な理由でもなかった。あえて言うなら「身軽でありたい」ただそれだけのことだったように思う。そういえばその頃から、掃除機だけではなく、テレビや電子レンジも家に置くのをやめてしまった。当時はまだ実家では電気店を営んでいたので、父からは、

「家にテレビも電子レンジもなくてどうするんだ！」
と、在庫があるから送ると言われたのを丁重に断ったのだった。もちろん掃除機も断った。この便利な時代に、なぜわざわざ不便な生活をするのかと、両親には理解不能だったに違いない。ましてや電気屋の娘だというのに。が、当の本人は不便どころか、電化製品の置き場所で頭を悩ますこともなく、テレビを見ることは大好きだったけれど、それで時間を取られなくなり、なんだかとっても軽やかで快適になったと感じていたのだ。

　掃除に関しても、箒は軽いし、コンセントの差込口の位置を気にしなくてもいいし、充電も要らない。さほど広くもない部屋の掃除は、パッと思い立ったときに気軽に使える箒の方が自分と相性が良かったようだ。それに箒で「掃く」という行為自体、埃だけではなく、そこに溜まった澱みのようなものを払っているような感覚が清々しかった。

　祖母が健在だった頃は毎朝リビングの窓を開け放ち、箒を使って掃除をしていた。それはどんなに寒い日でも祖母の決まりごとになっていて、コタツの布団も上げ、サササッとあっという間に掃き終えると、気が済んだといった様子でそこでやっとヒーターやコタツで部屋を暖め始めるのだった。そして朝一番にいれるお茶と、その日炊き立てのごはんをお供え用の器に入れて仏壇へ。お線香に火を点け、おりんをチーンと鳴らすとともに、何やらむにゃむにゃと唱えたら祖母の朝のおつとめは終わり。朝食前に梅干をひとつ食べ、お煎茶を飲みながら、新聞に目を通すのもいつものことだった。さっぱりと整えた部屋の中で、白い割烹着姿でお茶をする祖母も含めた景色。今思い返すと、普段目にしていたそれが一日のはじまりだったことを幸せに思う。

私が子どもの頃には、箒を担いで売りに来る人がいた。頼んで来てもらっていたのではなく、ちょうど箒の先が反ったり、減ってきたりすると、いつも絶妙な頃合いでやって来たように記憶している。「箒屋さんが来たよー」と私が知らせると、祖母は長い箒と短い箒を必ず一本ずつ新調していた。すでにその頃は世の中の掃除道具の主流は掃除機となっていたが、箒屋さんが実家に通っていたのはいつ頃までだったろうか。祖母が自分で掃除をするときは、箒屋さんが来なくなってからも変わらず箒を使っていた。

だからということではないけれど、私も東京の生活に引き続き、三春で暮らすようになってからも、あたり前のこととして家とお店の掃除はそのまま箒を使っていた。が、二匹の猫を飼い始めてからは一変、自宅の掃除はあっさりと掃除機に戻すこととなった。子猫の頃は箒でなんとかやり過ごしていたのだが、成長するにつれて毛の生え替わりの時期などは、イタチごっこのように何度掃いてもキリがなく、根負けして掃除機導入を決めたのだ。何年かぶりに使う掃除機。その威力に、なんて便利な道具なのだろうと、時代錯誤もいいところだが感心しきり。もっと便利な道具を求めれば、ロボット掃除機もある時代だというのに、何を今さらと自分のことながら苦笑いだ。掃除機なら家のいつもの小掃除はものの十分もあればスッキリ終了。猫たちもそれぐらいの時間であれば「やれやれ今日も始まった」といった様子で隅っこにうずくまり、嵐が過ぎるのを待つかのように、掃除機の音がおさまるまでじっとしている。日々生活する上では早くラクにできるに越したことはないのだけれど、どこか味気なくもある。

一方、お店の掃除はというと、相変わらず箒を使っている。冬場は店内が乾燥しているので、フローリングがわずかに縮み、板と板の間に隙間ができる。そんなささやかなことで季節を感じたりもしている。隙間に入った埃を箒で掻き出すようにしている間、実は頭の中ではぼんやりと全く別のことを考えていることが多い。その日の一日の予定をシミュレーションしていることもあれば、他愛もないこともある。むしろ大抵は取るに足らないことが頭に浮かんでは消え、浮かんでは消えていき、そうして塵のようになった思考をササッと箒で掃いているような感覚もある。箒で掃き終えた後は、モップを使って水拭き。床材に使った楡（にれ）の木は、それだけの手間でもちゃんと応えてくれるかのように、気づけばずいぶんと艶が出てきた。掃除機を使えば隙間の埃もいっぺんにきれいになることもわかっている。その後にモップがけしても同じように艶は出ていたことだろう。強いこだわりがあるわけではなく、箒掃除の時間がただ好きなだけなのだが。

祖母が積み重ねていたあのさっぱりとした一日のはじまりの空気に似たものを、いつか私にもつくり出せる日がやって来るのだろうか。それも塵のような思考のひとつかもしれないと、箒でサササッと掃いていく。

185.

「小寒」

大寒　一月二十日――二月三日

光のつぶ

こよみを意識して生活するようになってから数年が経つ。それは三春で暮らし始めた時期とも重なっている。冬至が過ぎると徐々に陽が延び始め、小寒の寒の入りになったと思えば、最低気温が氷点下の日が続き、そして寒さが最も厳しい大寒を迎える。その年ごとに異常気象や気候変動による影響はあるものの、こよみと季節の移ろいは、不思議と足並みが揃ってハッとすることが度々ある。新年についても、新暦のカレンダーを横目で見つつ旧正月の方に重きを置くと、以前よりも「師走だから」とか「新年を迎えるにあたり」といった感覚がゆるやかになり、年末になって焦ることが減ったように思う。こよみの上での旧正月はもう少し先、二月の立春の頃となるわけで、年賀状は数年前から立春大吉はがきに代えた。「今年はどんな年にしようか」といった年頭の抱負も、雪景色にすっぽりと包まれた静かな時間の中、じっくり考える猶予を、神様から与えてもらったのだと都合よく解釈している。

私は何せ、慌てたり、せかされたりすることが苦手だ。バタバタと大晦日まで忙しく過ごしていたのに、元旦になったからといっていきなり新年の抱負がポンとは出てこない。いや、今まではそのときに頭に浮かんだことを抱負としていたし、それが大きくズレているわけではなかった。時間をかけたからといってそれよりもいい考えが浮かぶわけでもない。でももう少しじっくりと自分が本当に今年やりたいこと、さらにはその先の未来のために準備したいことを深く掘り下げて考えたい。たとえそれが人から見たら大したことではないとしてもだ。

そんなことを考えている中で思い出したことがある。二〇一七年に歴史民俗資料館で行われた三春町出身の建築家、大高正人（おおたかまさと）氏の展示だ。三春町内には大高氏の建築がいくつかあるが、町から依頼のあった建造物の設計をしただけではなく、町づくりの基本構想そのものから深く関わっていたことが窺える興味深い内容だった。住民にとって何が必要か？　三春らしさとは都会の真似事ではなく、町民みんなで考えて納得がいく町づくりをすることが大事だという思想を貫かれたようだった。その考えの下、当時の町長がまだ助役だった頃に、町づくりのためのビジョンを未来日記のようなかたちで綴った「こんな三春町にしたい」も展示されていた。そこにはいわゆる都市計画といった壮大な構想や、難しいことなどは一切書かれていなくて、誰にでもわかる言葉で町づくりの基本的な考え方が、箇条書きにされていたのだった。「身の丈に合った」といったらしっくりくるのだろうか。三春町に移住をして一年足らずの頃にたまたま観た展示。そこには私たち夫婦が家やお店の移転先を三春町に探しに来た時に「きれいな町だなぁ」「やさしい町だなぁ」

と感じた印象や、程の良いサイズ感を気に入った理由が凝縮されているようだった。

さて。そんなことをふと思い出したからといって、私が町のために何かをしようなどといった大志を抱いたわけではない。そんなことができる器の大きさがあれば良かったのだろうが、身の丈に合わないことを考えては、小さな器は簡単に溢れかえってしまうだろう。

粉雪が光のつぶのようにキラキラと舞うさまを、温かな部屋の中から眺めながら頭に浮かべる抱負のようなもの。今年の畑には何の種を蒔いて育てようか。庭づくりをどうしようか。冬の間に作った凍み大根やゆべしの味見もちょうどいい頃。お味噌の仕込みもそろそろ始めよう。福寿草が花を咲かせれば、ふきのとうも顔を出し始め、天ぷらだ、ふき味噌だと春の訪れにはしゃぐ日々。そしてヨモギの若葉を摘んだらヨモギ餅でも作りましょうか。夏には夏野菜を使った料理や保存食の幅をもう少し広げたいし、今年の秋こそはタイミングを逃さず、たくあんづくりもやってみよう。家のことの他にも

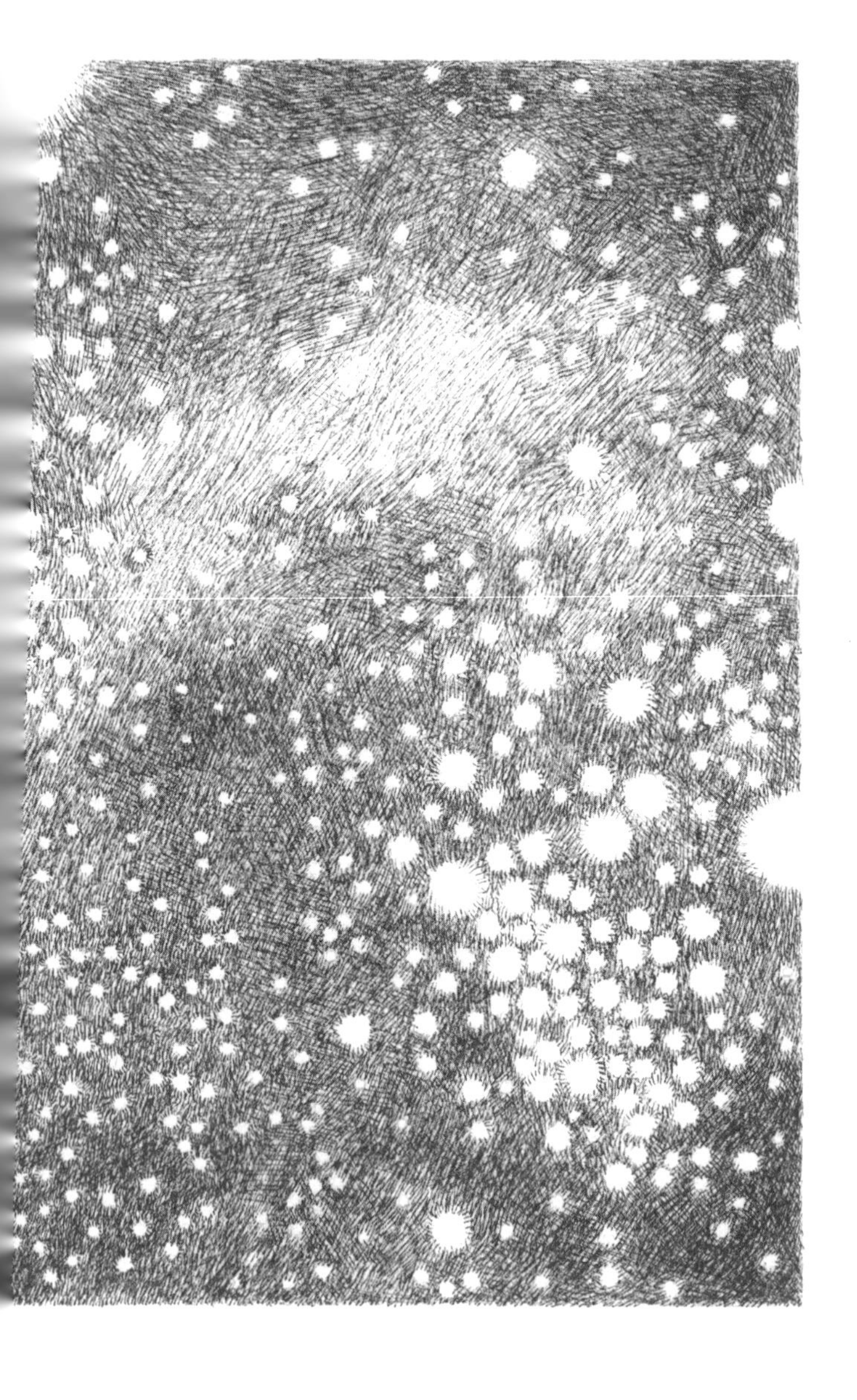

「大寒」

ヨガやアロマテラピー、お習字に、もちろんお店のこともあって、身に余ることをしているようでもあるけれど、家のことはほとんどが恒例行事のように毎年繰り返されていることばかり。それでもその年その年での違いがあり、飽きることなく少しずつ少しずつ我が家の生活の一部になりつつあることが嬉しい。今、目の前にあるもの、手に負える範囲のことを存分に楽しめる自分でありたい。暮らしのひとつひとつはささやかなことだとしても、それらには窓のむこうでキラキラと舞う粉雪のような美しさがある。そしてその先には春の光のように輝く何かが待っているような気がしている。

193.

「大寒」

元三春町長
伊藤寛さんを訪ねて

あの頃の「三春タイムズ」
これから先の「三春タイムズ」

ある日のこと。いつものようにお店に立っていると、老紳士が静かに扉を開いた。

「いらっしゃいませ」

「『三春タイムズ』という本が出たでしょう?」

それは二年前（二〇二一年）の、本が発売された直後のことだったが、まず老紳士の口からタイトルがスルリと出てきたことに、失礼ながら驚かされた。おそらくご家族に頼まれて買いにいらしたのだろう。そんな風に思っていた。

物腰がやわらかく、服装も洒落ているその方が、昭和五十五年から六期、約二十四年もの間、三春町の町長を務められた伊藤寛（いとうひろし）さんだったと、後になって知ることになる。そしてそのときの『三春タイムズ』は、ご自身で読むために購入して下さったのだということも。

そもそも私が伊藤さんの存在を知ったのは、以前ご近所のお客様が『折にふれて』という本をぜひ読んでみて欲しいと、私に貸して下さったことがきっかけだ。この本は伊藤さんが町長就任中の昭和六十二年から平成十五年の間に、町の広報に掲載されたコラム《こんにちは町長です》をまとめたもの。その数、実に百八十五回分。町の広報ということは、行政に関わる内容であるはずなのに、伊藤さんのコラムには例えば「泥付大根と生活感覚」「台所の皿洗に凝る」「『よい子供の調理法』」「『まな板舞台』をご利用下さい」などなど。まるで暮らしにまつわる雑誌の目次にでも出てきそうな興味がわく小見出しが並んでいて、どれもわかりやすい言葉で語られたその文章からは、ホッとするような親しみが感じられる。それでいてやわらかさだけではない、芯のある熱い志も伝わってくる。おかげで町づくりといった行政の話が、遠い話でも他人事でもなく、個々の生活に直結しているのだと実感できる。しかも内容は現代の生活に置き換えて考えることもできるのだ。引き込まれるように読んだそれらが、何十年も前の話だとはとても思えなかった。このコラムを書かれた伊藤さんとは、一体どんな方なのだろう？　当時の三春のニュース、いわば「あの頃の『三春タイムズ』」の内容は？　「大寒」の章でも触れた、私たち夫婦が感動したあの未来日記のような文書のお話も、直接お会いして伺ってみたい。この巻末のページで念願が叶い、現在九十一歳となる伊藤寛さんのご自宅でお話を伺うこととなった。

インタビューの日。伊藤さんは、コーデュロイのジャケットにハイネックのセーターといった英国紳士のような装い。はじめてお会いしたときと変わらない柔和な笑顔で出迎えて下さった。通された書斎は、ぐるりと壁一面、天井まである本棚に本がびっしりと並んでいた。ごあいさつをしながら、緊

197.

伊藤寛さんを訪ねて

張をほぐすように目で本の背表紙を追い、そこに並ぶ本と同じものが我が家にもあることをひそかに喜ぶ。そんな私に、

「無作法ですが良かったらお茶をどうぞ」

そう言いながら素敵なティーカップに伊藤さん自ら紅茶をいれて下さった。テーブルに置かれたイングリッシュスタイルのティースタンドには焼き菓子が並べてある。

「これはチェコの伝統菓子なんですよ。京都で暮らしている息子の妻がチェコの人で、お正月に来た時に手作りしてくれたんです」

たくさんの本に囲まれながら、手慣れた様子で紅茶をいれる伊藤さんの姿や、はじめて目にするお菓子、そのすべてが新鮮でキョトンとしてしまう。伊藤さんと歳の近い私の父。私は父が家で、緑茶をいれるところすら見たことがないというのに。お話を伺う前から驚きでぼんやりしてしまって大事なことを忘れてしまいそうだ。チェコのお菓子に手を伸ばしたいのをグッとこらえ、話を伺うことにした。

＊未来日記のこと

東京から戻った伊藤さんが、三春の農協（農業協同組合）での勤務を経たのち、三春町役場の助役に就任したのは昭和五十年。それはちょうど町づくりのための長期計画書を作成中の頃だった。これまでのものは、伊藤さん曰く「金太郎飴のような言葉」を使った、どこの町でも通用しそうな行政文書。自分の言葉を使ったものでなければ町民には何も伝わらないのではないか。そんな思いで昭和五十二年に伊藤さんが作成したのが「こんな三春町にしたい」というタイトルがつけられた、振興計画のビジョンを示したものだった。内容は「未来に住む町民の日記」というかたちで七ページにわたって綴られている。この日記はこのように始まる。

陽が昇るまえに起床。裏山の雑木林から野鳥たちの賑やかな鳴き声が聞こえる。畑に出て野菜をとって小型トラックに積み込む。

五年ほど前に完成した基盤整備事業では、父もずいぶん苦労をしたようだが、そのおかげで農道は立派になったし、各戸の耕地は一団地に広くまとまり、水利も整って旱魃の心配も解消した。「いまの農家の若い者たちは幸せだ」とは父の口癖だが、そういうときの父の顔は誇らしい満足感に溢れている。

なんて平和な情景だろう。まるで今日の出来事であるかのような鮮やかな書き出しに、私は心を鷲掴みにされた。それは見方によっては平凡なものに思えるかもしれない。けれども本当の意味での豊かさや穏やかな暮らしとはこのようなものではないだろうか？

二〇一七年に歴史民俗資料館で行われた企画展の中で、胸が熱くなるような思いで読み、私たち夫婦の記憶に刻まれたのは、伊藤さんのこの未来日記の一部を抜粋したものだったのだ。やっと全文を拝読することができた。

残念ながらこれが行政文書として取り上げられることはなかったのだが、

その後、伊藤さんは町長に就任。町づくり振興計画が難航する中、三春町出身の建築家・大髙正人氏と知り合いを介して出会い、計画は一歩一歩着実に前進していくこととなる。お話を伺う中で伊藤さんの口から何度も「住民と一緒に考えながら、協同原理に基づいて進める町づくり」という言葉が出た。硬く感じられるかもしれないが、三春の町にゴミが落ちていないこと、庭先の草木をきれいに整えている家々、景観が美しい建築が町の自然と調和していること、住民の意識が町全体に浸透していると感じられること、そうした町の心地よさのすべてに協同原理という考えが通じていると思えば、身近で大切な言葉として捉えることができる。

私が「三春タイムズ」で書き留めた季節ごとの町の風景と暮らしは、偶然に出来上がったものではなく、この町づくりがあったからこそ。最初に三春町を訪れて「きれいな町」だと感じた印象は、単に道路が整備されているからとか、優れた建築物が並んでいるからなのではない。それは表面の一部に過ぎず、根底にある人と人とのやりとりや深い繋がりを、時間をかけてじっくりと築きあげたことによる美しさだったのだ。時代を超えて点と点が結ばれて線となっていく。ようやくストンと腑に落ちる思いがした。

＊国際交流

伊藤さんのご自宅のお庭はきれいに手入れが行き届いていて、冬枯れの木の枝先にはオレンジ色の実？　よく見るとミカンが刺してある。木で手作りされたかわいらしい巣箱までいくつも置かれていた。

「野鳥がやって来るんですよ。リビングの窓辺にはヒマワリの種を置いておくんですけど、なくなると部屋をのぞいて催促したりしてね。巣箱ではこれまで何度も雛が孵（かえ）っているんですけど、今でもその様子には緊張しますね」

なんとも微笑ましい、心のゆとりを感じる生活だ。書斎の窓から外に目をやると、小鳥が何度も行き来をしている。常連の鳥たちが通って来ているのだろうか。

毎日午前十時と午後三時には奥様と一緒にティータイム。なるほど。紅茶をいれることに慣れているのもうなずける。こうした生活は、伊藤さんが町長の時代にアメリカのライスレイク市と姉妹都市交流が始まったことが大きく影響している。ホームステイを通してお互いの国の食文化や教育、特に住環境や暮らしの楽しみ方について学ぶことが非常に多かった。ご夫妻で野鳥の観察、奥様はパッチワークやお料理なども影響を受けて生活に取り入れていった。

ライスレイクとの姉妹都市関係がきっかけとなり、チェコのジャンベルクとの交流をはじめ、フランス、韓国、中国の方々なども伊藤さんのご自宅を訪れるようになった。オープンキッチンでは一緒に料理をするなど、楽しく食卓を囲むことも多かったという。そこではどんな料理が作られていたのだろう？　異国の音楽に耳を傾けたり、リズムに合わせて手を叩いたり。お互い片言の言葉を交えながら過ごす愉快であたたかなひととき。その輪の中に入った自分を空想し、思いを巡らせるだけで豊かな心地がする。草の根の、生活レベルでの平和的外交。それは小さな三春町の台所でも育まれていたのだ。

＊これから先の「三春タイムズ」

伊藤さんのお話は、過去のことを伺っているはずなのに、「現在の話ではないだろうか？」と思うことが多い。さらにいえば、もっと先を見越した未来の話を聞いているような気がしてくる。例えば農業やエネルギー問題のことなど。

長く過ごした東京での生活に迷いが生じて戻った故郷。そこで伊藤さんがびっくりしたのは、これまで気づくことのなかった三春の人々の、なんともいえない優しい表情だった。そして野菜の驚くほどの美味しさにも。農薬はもちろんのこと、化学肥料を使わない、いわゆる有機栽培の野菜たち。あたり前のようにほぼ自給自足だった当時の農業は経済的にも厳しかったはずだが、伊藤さんはそこに本当の意味での豊かさを感じた。農協勤務の頃には、地域のご婦人方が栽培した大豆を使って味噌作りをしたり、豆料理のアイディアを持ち寄ったり、牛肉を美味しく食べるための料理講習会を開いたり。

これは今で言うところのワークショップではないか。伊藤さんも都会で吸収した知識を農家の人たちと共有するなど、有機農業・有畜農業への地域全体での取り組みは盛り上がりを見せ、少しずつ変化していった。現代かと思えるこの話が、五十年ほど前の話だとはただただ驚くばかりだ。当時のこの流れは数十年経つと完全に崩れ、昔の「本当の美味しさ」は失われてしまった。

「これまでの人生を振り返ると、あの頃の二年間が一番光り輝いていたものでした」

伊藤さんのこの言葉は、単に昔を懐かしんでいるだけではなく、未来へ託した希望ともとれる気がするのだった。

「夢を語ればゾロゾロ出てくるんですけれど」

そう言ってにっこりとほほ笑む伊藤さんが今考えていることは、三春ダムによる水力、ソーラーやバイオマスを使った自然エネルギーの自給自足。そして農業の自給自足など地域循環ができれば、競争もない安定的なエネルギー対策として、本当の豊かさ、幸せを作り出せるのではないだろうか？　管理放棄された山の木々を薪ストーブの薪として活用する案や、エネルギー自給住宅のプランなど、ゾロゾロ出てきて本当に舌を巻く。同じ考えを持つ同世代の方と話をしているようで、伊藤さんの年齢など忘れてしまった。いや、年齢さえ関係なく、伊藤さんはもっともっと先進的で確かな方向を目指して、前へ前へと進んでいる。生活をしていく上でのあらゆる面への意識。「丁寧に暮らす」とは本来、こういうことなのではないだろうか。これからやること、できることはまだまだあるのだと、こちらまで力が湧いてくる。

最後に好きな言葉を伺おうと思っていた。すると私の問いを察するかのように、テーブルの下から伊藤さんが取り出した額には、このような言葉が書かれていた。

平和は二つの世界を一つにすることによってではなく
一つの世界の中の多様性を尊ぶことによって得られる

これは伊藤さんの大学時代の恩師、都留重人氏が一九五三（昭和二十八）年に掲げた言葉。これこそ今、世界に必要な言葉だ。伊藤さんは、こうしたあらゆる分野の先人たちとめぐり会えたことを「神様が整えてくれたような気がしています」とおっしゃっていた。

そのお話を伺いながら、シナモンの香りがするチェコのお菓子を大事に大事に味わった。

私にとっては、この日のことが「神様が整えてくれた」ものなのだと思う。

伊藤寛（いとうひろし）一九三一年、福島県三春町に生まれる。県立田村高校、一橋大学経済学部卒業後、三春町の農協勤務を経て農林中央金庫へ転職。その後地元の農協に戻り、七五年三春町助役、八〇年町長に就任し二〇〇三年に退任。三春町在住。

209.

伊藤寛さんを訪ねて

あとがき

本づくりの大詰め作業の合間を縫って、広島にあるshunshunさんのアトリエを訪ねました。穏やかな瀬戸内海へは歩いても数分の場所。水面は眩しいくらいに輝いて、それはまるで空から光の粒がチラチラと舞い降りて漂っているかのようで、shunshunさんの作品の澄んだ世界そのもの。どれだけ見ていても飽きないくらい美しい景色が目の前に広がって、私はただただその光と凪の美しさに見惚れていました。日本には私の知らない美しい風景がまだたくさんあるのだなぁと頭ではわかっていることを、一旦まっさらにしてふぅと深呼吸。そうして気づいたことは、その輝きと線は、私が暮らす三春の町、日常の風景とも繋がっているのだということ。旅から戻った私が今、「ただいま」と安堵できる場所は三春なのだということにもハッとして。いつもの景色から少し離れたことで感じることのできた日常。そのことを深くこころに沁みこませるようにして。

三春に暮らすようになってから、いつか直接お会いしてお話を伺ってみたいと思っていた伊藤寛さんとの貴重なひとときは、私にとって行き先を照らす、あたたかな灯りのようなものとなりました。本当にありがとうございました。

前作に引き続き、shunshunさんをはじめ編集を信陽堂の丹治史彦さん、井上美佳さん、造本装幀をサイトヲヒデユキさん、校正を猪熊良子さんという同じチームで本づくりができたこと。奇跡のようなこの縁に、心から感謝しております。他にも印刷会社、製紙会社、製本会社の皆さんにも大変お世話になりました。そして何より書店など、この本を扱って下さるお店の方々、本を手にして下さった皆さんにお礼を申し上げます。

思いもよらないことが起きて、この数年はなんだか時空がゆがんでいたような気がするほど。町のお祭りも行事なども、あたり前だと思っていたことがそうではなくなるという、どうにもできない歯がゆさを覚えつつ、どこかぼんやりした気持ちを抱えたまま日々を過ごしていました。

それでも季節はめぐり、今年も春がやって来ればきっとウグイスは歌うように鳴き、桜は見事な花を咲かせ、木々の緑も次第に芽吹き始めることでしょう。私はといえば相も変わらず朝起きたらお湯を沸かし、コーヒーをいれて一日が始まるという日常を繰り返しています。それはちっぽけともいえるささやかな習慣といったもの。でもこの頃はそんなことが、私の暮らしを支える軸のようなもののひとつになっているのではないかと考えています。

そういえば、東京から三春町へ移転をする際、用意したあいさつ文に、います。

「くらすこと」を夫と二人で一から本気になってやっていこうと思っています。

という一行を書き添えていました。それは誰よりも自分との約束ごととして。「本気になって」という意味合いは、当時の自分と今の自分とでは違っているかもしれませんが、少なくとも「おもしろがって」いられるのは、家族のお陰だと思っています。いつもありがとう。

三春の町で私の手がつくり出す「くらすこと」ってどんなものなのだろう？　まだ見つけることのできていないその答えを、季節の流れとともにこれから先も日々の営みの中から探していきたいと思います。

二〇二三年　陽の光に春の気配が感じられる立春の日に

長谷川ちえ

長谷川ちえ　Chie Hasegawa

永く使いたい器と生活道具の店〈in-kyo〉店主、エッセイスト。

2007年、東京・蔵前のアノニマ・スタジオの一角にて店を始め、商品の販売のみならず展示とワークショップ、試食会などを組み合わせて作家と作り出されるものの魅力を伝えてきた。

2016年、福島県三春町への転居にともない店も移転、現在にいたる。

著書に『おいしいコーヒーをいれるために』（メディアファクトリー）、『ものづきあい』『器と暮らす』（ともに、アノニマ・スタジオ）、『まよいながら、ゆれながら』（mille books）、『春夏秋冬のたしなみごと』（PHP研究所）、『むだを省く　暮らしのものさし』（朝日新聞出版）、『三春タイムズ』（信陽堂）がある。

in-kyo
963-7766　福島県田村郡三春町中町9
営業時間　10時から16時
定休日　火曜日、水曜日、木曜日
https://in-kyo.net/

素描家　shunshun

高知生まれ、東京育ち。大学で建築を学び、建築設計の仕事を経て、絵の道へ。2012年春に千葉から広島へ移住。

書籍・広告のイラストレーションのほか、全国各地で個展も開催。

1本の極細ペンが生みだすフリーハンドの線が写しとった世界には独特の広がりと温かみがあり、高く評価されている。

本書は2021年立春から2022年大寒まで、ウェブサイトnoteに
「三春タイムズ」として連載されたものを構成・編集しました。

参考文献『三春町史　第6巻　民俗』（三春町、昭和55年）
取材協力　伊藤寛

造本装幀　サイトヲヒデユキ（書肆サイコロ）
印刷進行　藤原章次（藤原印刷）
校正　猪熊良子
編集　信陽堂編集室（丹治史彦、井上美佳）